Ludwig Weibel
**Kosmisches Bewusstsein**
Gottbegnadetes Erwarten

Books on Demand

Bibliographische Information der Deutschen Nationalbibliothek. Die Deutsche Nationalbibliothek verzeichnet diese
Publikation in der deutschen Nationalbibliographie,
detaillierte bibliographische Daten sind im Internet über
http://dnb.dnb.de abrufbar.

© 2019 Autor: Ludwig Weibel
Herstellung und Verlag:
BoD – Books on Demand, Norderstedt
**ISBN 9783746057200**

Ludwig Weibel

# Kosmisches Bewusstsein

# Inhalt

# 1

# Weltverständnis gilt es zu erlangen

## 1.1

Wolle nicht nur deine Seinspräsenz verbessern und gebührender verstehn, sondern trachte danach Weltverständnis zu erlangen. Das ganze Universum ist dir zugekehrt, du sollst dich selber in ihm schätzen und erkennen lernen.

In Kürze kannst du Meinen Motivationen auf die Spur und auf die Schliche kommen, wenn du nur felsenfest von Meiner Warte aus das Ganze überschaust und von ihm durch und durch entzückt bist seines seinsbrillanten Zaubers wegen. Was du immer unternimmst ist nach wie vor von Meiner götterlichten Eigenart getragen. Es kann und darf nicht sein, dass du dich auflehnest gegen Meine makellosen Seinsbegriffe und ihren Sinn und ihre Sanftmut zu verdrehen trachtest in bedauernswerter Ironie. *Ich* schöpfe, selbst wenn deine Hand die Kelle führt und schaffe Licht und Leben, Wohlverstand und Majestät heran in den Gemarkungen von deinem wie von Meinem Sein und Leben. Das zu ermitteln und betiteln ist Mein Angebot an dein betörendes und herzensgutes Unternehmen. Sicher driftet dies auf dich und deine Güter zu, womit der Kreis geschlossen ist von Du zu Du, von Sein zu Sein in einem universenweiten Bogen um die Einheit aller Dinge im bewundernswerten und glückseligen, bezaubernden und sinngeladenen, von Meinem genialen Geist erfüllten und bevölkerten Allhier.

## 1.2

Milde darf von Mir erwartet werden, wenn deine eigensinnigen Kräfte sich erschöpft und ihre Widerstände gegenüber Meiner weisen Führung aufgegeben haben. Krämerseelen sind gewohnt in Ängsten zu vergehn im Hinblick auf die Folgen dessen was sie angerichtet haben. Du aber sollst mit Mut und Zuversicht dem Tag entgegenschreiten wo die Böcke von den Schafen abgesondert werden und für jeden das erfunden wird, was ihm schliesslich zugehört. Es muss der Welt Gerechtigkeit und Ausgleich widerfahren, wenn auch die Liebe mildert wo sie kann und die Züchtigung, die Ich entfalte, niemals in die Raserei der Leidenschaftlichkeit verfällt.

Ich rate dir dein Los mit Anmut und Ergebenheit zu tragen, wie mit dem Bewusstsein, dass du dir`s selber aufgeladen. Allmählich bessert sich die Lebenssituation, wenn auch im Zuge mancher Inkarnation, die dich zum Besten führt was dir geschehen kann, akkurat zu Mir und Meinem Fürstenhofe. Dem Einzelnen, wie auch der Menschheit, ist beschieden, aus tiefer Einsicht in das Wirkliche in kleinen, preziösen Schritten zur Vernunft der Seinsverständigen und Gottergebnen zu gelangen. Ihnen steht der glänzende Triumph des Sich-selber-Überwindens kurz bevor, bis sie dann von Mir, mit dem Bruderkuss bedacht, in die Hallen der Gerechtigkeit am Sein und Leben schreiten dürfen.

Aller Herzenskummer ist verflogen alsogleich wie du dich in das gütestrahlende Gewand der Göttlichkeit gehüllt siehst, vor dem sich Myriaden Unvollkommene voll Sehnsucht und Beflissenheit verneigen. Du Bist dir selber zum Idol der Himmelsstärke wie der Unbesiegbarkeit geworden, an dem die Blicke der Erhabenen wohlwollend und erkenntlich hangen. Wie sie bist du zum Träger reinen Seins geworden, das in seiner Fülle nichts zu wünschen übrig lässt in Sachen Wohlgefälligkeit und Daseinsharmonie, kosmischer Bewusstheit wie Erfülltheit mit den Gotteskräften, die zu nie verebbender Glückseligkeit, elysischer Gelassenheit und veritabler Herzensfreude führen. Friede deinem Haupte und Erfüllung deines Seelenseins mit gottgesegneter Gewähr.

## 1.3

Auf der Zinne des Tempels von Jerusalem Bin Ich gestanden und habe das Volk beweint das soviel Leiden musste um der Knechtschaft willen, in die es einst gefallen war. Nun gilt es seine Kräfte neu zu formen und so sehr zur Einheit, Selbstsicherheit und Qualität des Seins zu stilisieren, dass es wieder an der Spitze aller Erdenvölker in die Gotteszukunft schreiten kann. Es muss zuinnerst und zuerst erkennen, dass es *ist* die Zierde Meines Hauses und der Ausbund aller himmlischen Gerechtigkeit am Sein und Leben. Das ist dann die Fülle und Erfüllung Meiner hochgemuten Pläne an der Universenwelt, die Menschliches mit Göttlichem und Göttliches mit Menschlichem aufs innigste vermählen. Auch du bist als im Einzelnen ein Zacken in der Krone der Allherrlichkeit die leuchtet über Kontinente, kreisende Planeten wie die Myriadenwelt der Sterne hin und zeigt sich völlig unbescholten als Mein sinn-geladenes und seelenvolles, bewundernswertes und erhabenes Idol der immanenten Fülle und Gerechtigkeit, Fabelhaftigkeit und Resolutheit die Ich durch ungezählte Generationen an den Weltenbund verströme.

Bist du, so bist du demgemäss in Mir nichts mehr und nicht mehr weniger als Ich es Bin seit urdenklichen Beginnen und Erhabenheiten. Du trägst den Sieg in Meinem stillvergnügt voran und hältst die Fahne hoch des seinsgerechten Handelns, Wandelns und Im-reinen-Gotteslicht-Vergehns. Nichts und niemand kann dir, in Mir seiend, im Geringsten schaden. Du gehst als mit dem Siegel reiner Göttlichkeit Bezeichneter einher und darfst dich rühmen, Meiner Klasse, Kunst und Gunst vollends für immer zu gehören.

Es geht das Volk der Gottestreuen wie der warme Sommerwind in vollbewusster Herzensglut einher und offenbart sich als die endliche Erfüllung aller Sehnsucht die es durch Jahrtausende mit Anmut und Geduld, Gewissenhaftigkeit und Gottergebenheit zur vollen Liebesblüte auf den Berg der zehn Gebote seinsbegeistert hochgetragen.

## 1.4

Manche Meisterleistung ist entstanden weil die Liebe dich bestach und dir den Wunsch diktierte, hübsch und höflich vor der Vielgeliebten aufzutreten, der alle Hoffnungen und prächtigen Beteuerungen galten. Da kann es auch bei Mir nicht anders kommen als dass Ich Mich gegenüber dir als schwankes Rohr benehme, das dem Wind der Liebe wunderbar gefügig ist im neigenden Begreifen.

Soweit musst es kommen, weil Ich eben in dir in Mich selbst verliebt war bis zum peinlichen Erröten. Das verlieh dem Feldzug seine Würze wie den Willen unbedingt zu siegen sei's mit List, sei's mit Gewalt oder dann mit täuschender Ergebenheit.

O wüssten doch die Menschen, mit welcher Leichtigkeit sie Mich schon um den kleinen Finger wickeln könnten, der enormen Sympathien wegen, die Ich für sie fühle. Doch sie lassen sich von ihrer Dumpfheit zum geraden Gegenteil verführen. Sie wickeln ab, was aufgewickelt werden sollte und zerstreuen, was der Sammlung und der Konzentration bedarf, um silberglänzende Erfolge zu erzielen.

Mein Metier ist das des seinsvollendeten Genügens an Mir selbst im Unergründlichen. Weder ein Zuwenig noch ein überschäumendes Zuviel sind in Meiner Hemisphäre zu verzeichnen. Locker liege Ich an jedes Dinges Seite, das Ich Meinem Willen zur Geselligkeit erschuf. Jede Regung Meiner Herzlichkeit entfaltet sich zu einem wahren Feuerwerk von Anmut, Grazie und voll entfaltetem Begaben in der Kunst selbstlose Liebe zu verströmen und im Gegenzug auch zu empfangen seelenvoll und morgenschön.

Niemand ist befugt in Meine Seinsgemächer einzudringen, dessen Sicht und Absicht nicht von Reinheit und Behutsamkeit, Empfindsamkeit sowie Vertrautheit mit dem Ewigen was versteht. Mir klingen Meine genialsten Melodien in des Herzens Gral, die je erfunden worden sind in den Allweiten Meiner selbst wie Meiner Seinsgenossen und erhabenen Verehrer im gottseligen Gemüte.

## 1.5

Die Sorge um das Wohl der Nächsten wie der Ferneren ist eine Tugend, die dir trefflich ansteht in der menschlichen Gemeinschaft hier. Sie verbindet was getrennt war und verbreitet Herzlichkeit und Wohlgewogenheit, Sanftmut der Gefühle und bekömmlich guten Ton.

Ich bediene Mich der Farbenschau im Reich der menschlichen Empfindungen, um an den Auren die Gesinnung und Gesittung abzulesen. Mancher würde bass erstaunt sein über seine eignen Emanationen, die so gar nicht zu dem passen, was das Volk im allgemeinen von ihm hält, vor allem wenn es darum geht, ihn in ein unbesetztes Amt zu wählen. Es kommt die Zeit, wo sich die Menschenauren ohne Pardon präsentieren werden zu des Trägers Schande oder Wohl.

Dein Mitgefühl beschert dir helle, liebevolle Strahlen, die von deinem Herzen zum Betreuten gehn. In derselben Art bist du mit Mir verbunden, spürend, dass Ich dir nah Bin, in der Liebewärme, die Mir eigen. Das Gedankliche tritt zurück vor den Empfindungen, die du und Ich im Innersten gemeinsam haben. Das zeigt Seelensicherheit und Herzensfrieden, Wohlgemutheit und Verbundenheit mit dem Unendlichen, das Ich dir Bin in wunderbar erhabenen Bezügen.

Du bist auf dem besten Weg dieselbe Meisterschaft und Gloriole zu erreichen, wie es Mir gelungen ist in der urewigen Geschichte Meines Seins und Werdens im Allhier. Was immer dich befördert, will Ich dir zugutehalten, was dich von Mir abstraft ist zu deinem Heil gedacht für Ewigkeiten. Wen wundert's, wenn du dich in dem vollends geborgen fühlst, was *Ich* dir lebelang und liebevoll bereite, deiner Wohlfahrt unbedingt entgegen. Es geschieht, dass du dich fürderhin in Seelenfreuden windest und an einer nie gekannten Herzenswonne fast vergehst. Meine Schwingen sind fortan wie Taubenflügel über dich gebreitet und verleihen dir den Frieden, den du schon so lang entbehrt hast, wie die Freude der Gerechten ihres Herrn, an der sie sich wie nichts erlaben können. Öffne dich dem Sein und du Bist in Es gerettet, das du Bist und dem du dich vollends für alle Ewigkeit ergeben.

## 1.6

Wahllos sollst du niemals dich verirren in Gedanken-gängen die das Sein betreffen. In dieser Sparte muss penible Ordnung herrschen, Übersicht und eine Strategie bewundernswerten Friedens, von Mir angeführt und abgehandelt, besser geht nicht mehr. Gerade dir Bin Ich geneigt, mit gottbegnadetem Erwarten auf die Finger und ins Herz zu sehen. Ich weide Mich an deiner graziösen Wohlbedachtheit, wenn es darum geht, die rechte Spur zu Mir zu finden und in Tapferkeit und Edelmut, Voraussicht und konstantem Willen zu begehn.

Was dich für sich einzunehmen droht sollst du tunlich, mit dem nötigen Respekt, vermeiden. Nur in *Meinem* Falle ist es dir sogar geboten, völlig unbesonnen einzugehn auf alles, was Ich von dir will, in wunderbarer Einigkeit mit Mir. In Meinem Arbeitsfeld ist es geboten, jeglicher Zerwürfnis strikte aus dem Weg zu gehn und alle Regeln einzuhalten, die zu mehr Respekt und gegenseitigem Verständnis führen.

Gerade dir muss es gelingen, hinter das Geheimnis deines Daseins und Florierens, Kalkulierens und beschwingten Reüssierens zu gelangen. Ich forciere deine Seelenkräfte mit der Absicht ihre Neugier bis zur Weissglut zu entfachen in Bezug auf das, was du dir Bist, im seelenvollen Aneinanderfügen. Ich sehe mit Vergnügen wie sich scharenweis die guten Gottesgeister um dein Sein versammeln, um es sukzessive und gekonnt zu Mir empor zu heben. Dein Bewusstsein weitet sich bis ins Unendliche der Universensphären und sieht sich in Mir aufgehn in einer Einigkeit und seinsgefälligen Bewandtnis ohnegleichen. Deine Züge sind markant und zugleich liebeweich geworden, in der wunderbaren Atmosphäre der Glückseligkeit und Reinheit, Lichterfülltheit und unendlichen Beschaulichkeit und Friedefertigkeit, die Ich voll Anmut liebevoll um Mich verbreite.

## 1.7

Meinetwegen magst du schreiben: Gross ist Allah, und der Mensch ist ein verschwindend mickeriges Beigemüse, dem sehr wenig zugemutet werden kann im Rahmen seiner zimperlichen Maskeraden. Willst du dich ebenfalls für wohlfeil halten, magst du das voll Eifer tun. Doch liegt damit dein Selbstbewusstsein arg daneben.

Du gehst dir selber auf den Leim, indem du dich aus der peniblen Perspektive eines Fröschleins zu betrachten pflegst. Dabei stünde deinem Sprung in höhere Gefilde nichts und wieder nichts entgegen. Gibt es denn Verwegene, die ihn gewagt und in der Folge vollends ausgekostet haben? Ja. Nicht müde werde Ich dir einzutrichtern, dass du ein Wesen bist von auserlesner Bildsamkeit sowie von einer Herkunft, die sich wahrlich sehen lassen kann. Du brauchst nur besser hinzuhochen, was dir deine hochgestellten Öhrchen ständig einzubläuen suchen nämlich, dass du dich in deinem Sein als das erkennen, sollst, was auf den Stufen waren Weltbedeutens ganz zuoberst sich platzieren kann in wohlbegründeter Manier.

Nichts weiter ist dabei vonnöten, als dass du deinem Hang zum Minderwertigen dasjenige entgegen setzest, das man mit „Sinn für Seinserkenntnis wie für dominante Wachheit" titulieren könnte. Das hat nichts mit Überheblichkeit und Selbstbezogenheit zu tun. Die reinen Seinsgedanken weisen auf ein Höheres hin, das in dir Fuss gefasst und dich mit dem begabt hat, was sich Gottesgnade nennt und götterlichtes Seinsbegaben. Wenn du dich darein begibst, statt dich in deinem Ichsein zu verlieren, trägst du dich ins Buch der Weisheit ein, das Ich seit jeher für die seinsgerechten und wahrhaftigen Begründer einer Menschheit führe, die sich auf das Gotteswohl besinnt. Sie ist von ihm begütet und bewahrt und darf ihm voll Vertrauen im Unendlichen begegnen in Gelassenheit, Bewusstheit und beseligender Ruh.

## 1.8

Beeinflusst von der Güte des Allhöchsten sollst du dich auf seinen Pfad und seine Pflästerung begeben. So einfach scheint es, seinen Fuss auf sicheres Geleit wie Gottes Bodenständigkeit zu setzen, instinktiv und schlau berechnend dem hundertfältigen Erfolg entgegen. Was hält dich auf in einer so befriedigenden Perspektive musterhaften Bürgertums und klassischer Betriebsamkeit und führt dich, sachte und gekonnt allmählich ins Verderben? Es ist die Wolle, die das Schaf begehremswert und wohlfeil macht, das Käufliche, das

das Begehren weckt und dich dem Hingegebensein entzieht. Ungünstig fallen deine Würfel Mal für Mal im Sinn der Gottesliebe und Verehrung Meiner eminenten Qualitäten. Du bist wie gebannt von deiner Fähigkeit überall herumzuwursteln, wie es dir gefällt und wie es dir die laufenden Verlockungen besagen.

Manche Wende ist erst aus dem tragischen Verlust entstanden der bewundernswerten Güter, die Ich dir seit Anbeginn zum Pfand gegeben. Du hast sie nicht geschätzt und musst nun jedes Krümchen schätzen, das dir zufällt aus der mitleidvollen Hand und Herzlichkeit im tätigen Vorübergehn.

Das lässt dein Leben einfach und besinnlich werden. Du denkst an jene Güter, die für jedermann in Meiner Geistwelt liegen, um dort ergriffen und begriffen, geschätzt und annektiert zu werden. Die Macht des guten Wortes fällt dich an und hilft dir, Stufe um Stufe aufzusteigen zu den Höhn der guten Hoffnung auf Mein Reich des Herzensfriedens und der Himmelsharmonie. Du lösest dich an Meiner Hand vom Übel und gewahrst die wahren Werte, die schon immer regelrecht um dich versammelt waren. Wie lang der Weg auch war, er führte dich ins Vaterhaus zurück und in den Vorhof der elysischen Beglückung, die Ich auch für dich aufs Trefflichste bereitet habe. Dein Gejammer wird zum Halleluja an Meinem Thronen und deine Ankunft bei Mir wird zum Freudenfest für deine Rettung ins Allhier.

## 1.9

Im Zeichen der Versöhnung manches menschlichen Geschöpfes mit der himmelweiten Seinsgerechtigkeit will Ich dir den eminenten Vorzug solchen Handelns regelrecht erklären. Du erlebst dich gegenwärtig in gewaltigen Illusionen über alles, was da Leben heisst, Gedeihen und Sich-selbst-Behaupten in der allgemeinen

Daseinsliturgie. Du glaubst an Wirklichkeiten und Geschehnisse zu stossen, die ganz reell vorhanden sind, derweil sie nur in deinen Vorstellungen existieren.

Du verhedderst dich in hundert kleinliche Bedenken über ein Ereignis, das unerbittlich auf dich zukommt in der Lebenstage Drangsal und robustem Über-dich-Verfügen. Eh du dirs versahst, ist es an dir vorbeigegangen, ohne dass dir auch nur das Geringste Widerwärtige dabei geschah. In Tat und Wahrheit erbautest du vor dir ein recht erschreckendes Szenario, das sich im Nachhinein als völlig unbegründet und verführerisch erwies.

Gewiss sein über etwas kannst du nur im Rahmen Meiner auserlesnen Dispositionen, die Ich dir in deines Herzens lauschendem Gewahren in der Stille seinslebendig und entschieden präsentiere. Darauf kannst du Zählen, dass sie von Wahrhaftigkeit sowie von Eintracht mit der Seinsgerechtigkeit des Himmels triefen. Alles an Mir ist wahr und weise, wie es seit Urewigkeit schon immer war. Demnach brauchst du nur allein nach Mir zu suchen, um den Weg in eine Geisteswirklichkeit von wundertätiger Brillanz und Redlichkeit aufs Trefflichste zu finden. Jede Täuschung ist Mir höchst zuwider, wie sie in der Menschenwelt von Tag zu Tag geschehn. In Mir gehst du zur gütestrahlenden Gerechtigkeit am Sein und Leben, Sinn und Seligkeit in deines Daseins eigenster Domäne. Hast du sie dir errungen, bist du in Mein veritables Götterreich und Meine Gloriole eingetreten in herzinniger und gottbegnadeter Manier.

## 1.10

Schnurre, schnurre Rädchen, feine Wolle musst du drehn, um den vifen Jäger zu bekleiden. Die Emsigen verrichten ihren Dienst im Handumdrehn und wollen ständig Futter haben. Bedächtige bedenken unaufhörlich ihr gewissenhaftes Tun und sammeln sich demonstrativ zu mächtigen

Chören. Ich aber Bin in beiden die Essenz der Motivation, die sie in Bewegung hält aus Myriaden Hintergründen. Ich schaue sie bedächtig an und lasse Meinen Sinn und Segen in sie strömen.

Mein Wille ist es, aus der Entropie, in der sie sich bewegen, Geordnetheit und Disziplin herauszudestillieren. Aus der Herde soll ein Volk von wissenden und wachen Bürgern höherer Ordnung werden, das sich im Vollzug von Meinem Willen weiss im turbulenten Weltgetriebe.

Was die Hähne von den Dächern krähn ist höchst belanglos gegenüber dem, was Ich in deine Seele strömen lasse an Weisheit überirdischen Potenz, sowie an Billigung von dem, was du dir so zurechtlegst aus der Fülle Meiner Geistesgaben.

Es sei, dass du dich Meiner Diktion bewusst wirst und zur Redlichkeit bewogen im noch schwankenden Gemüte. Übersicht, Gemeinschaft und Versöhnlichkeit bewirken ein Zusammenleben von erstaunlicher Gelöstheit, Offenheit, Natürlichkeit und Harmonie.

Was die Seinsvernünftigen verbreiten nimmt durch viele Generationen den Charakter der von Mir ersehnten Allgemeinheit an und lässt das Grenzenlose in die vielgeliebten Wesen strömen. Die Einsicht in Mein Reich der Wohlgeborgenheit im Weltengeist verleiht den störrischen Gemütern allgemach Vertrauen in sich selbst wie in die Wirksamkeit der göttlichen Bedingungen, die von Mir ausgehn und mit sagenhafter Konsequenz und Güte, Folgerichtigkeit, Gelöstheit und Verbindlichkeit allüberall verbreitet werden. Eine Welt der Lieblichkeit Elysiens ersteht in jenen, die sich der Wahrheit, der Gerechtigkeit des Himmels wie der Seinsbewusstheit Meiner Art verschrieben haben. Sie sind die Helden

Meiner Evolution wie Meines seinsbeglückenden Gehabens.

## 1.11

Dein Seinspotenzial wird von Mir ständig auf dem Laufenden gehalten. Es ist unweigerlich mit Mir verbunden durch die Geisteskräfte die allüberall am Walten sind. Du weisst es nicht und weisst es doch wie sehr Ich dich behüte in deinem Aufstieg zur Erkenntnis deiner selbst als seinsgerechtes Wesen in der Fülle Meines Einigseins mit dir.

Zögernd, aber mit erstaunlicher Konstanz, nimmst du von Mir an, was Ich dir an Wissen über dich und deine Situation im Weltall liebevoll entbiete. Du öffnest dich dem Unsagbaren und siehst dich eins mit ihm in einer Weise, die nichts mehr zu wünschen übrig lässt im universenweiten Seinsbewusstsein zu dem es dich erhoben.

Womit kann Ich dienen, spricht der Herr, mit dem du dich in Lauterkeit und Liebe, Lichtheit und Holdseligkeit verbunden siehst. Es liegt ein Gottesglanz auf deinen Zügen, der von Mir ausgeht und sich wie der Sonne unermessnes Strahlen liebevoll in Raum verbreitet, den Ich als Mein Reich erschaffen habe.

Wendest du dich Mir und Meinem Geisteswohlstand zu, so kann Ich dir so etwas wie die Schlüssel zum ersehnten Königreich in aller Form, Verbindlichkeit und Grazie des Himmels überreichen. Dann Bist du, was du immer warst, des Urseins Qualität, Vortrefflichkeit und Liebesmelodie, Bewusstheit, Genialität und schöpfer- kräftiges Begaben. In deinem Universenwesen sind die Sterne rings verstreut und blinken sich Verständnis, Heil und Freundlichkeit entgegen. Sie sind wie du des Einen Ausdruck und Gebärde, kosmische Genügsamkeit und

meisterliche Treue zu sich selbst im Wunderbaren.
Du Bist dir Mittelpunkt und Umkreis, Manifest des Mikroskopischen sowie des Allgewaltigen geworden, das restlos in Mir aufgeht in dem einen weltenflammenden „Ich Bin", das sich zum Zeugen wird der Weltenliebe, der Glückseligkeit wie der unendlichen Befriedung in der seinsgewissen Weltenharmonie.

## 1.12

Die Zusammenfassung aller Werte Bin Ich Mir im Reich der geistigen Potenzen, die zuallererst das Sagen haben. Ich brauche nicht wie du umherzuirren, um gierig einzuheimsen was Mein Ein und Alles war. Mein Sein steht in sich selber fest begründet da allüberall im kosmischen Gefüge. Ich muss Mich nie zusammensuchen.

Beginnst du, dich in geistigen Belangen auszukennen, offenbart sich dir der Ursprung allen Weltgeschehns in seiner Unbescholtenheit und Harmonie, seiner Redlichkeit und Heiterkeit im Grenzenlosen. Wie kannst du nur bezweifeln, dass Ich Bin und dass auch du in deiner Eigenart, Behutsamkeit und Würde in Mir Bist im Unermesslichen. Schränkst du dich ein, so ist es ungerecht an dir wie Mir getan in den seinserhabenen Positionen, die uns angehörig sind seit Ewigkeiten. In Mir Bist du mit Gastlichkeit und Glorie des höchsten Rings umgeben. Dein Sein erfüllt sich in dem Meinen und dein Wesensein spriesst aus dem Meinen federleicht hervor. Dein Glaube ist es, der gesundend und erhebend in dir wirkt und deine Sehnsuchtskräfte führen dich mit absoluter Dringlichkeit an Meinen Fürstenhof.

Ich anerkenne deines Götterseins Befinden in dem Meinen als das Nonplusultra dessen, was du zu erreichen dich erkühnst und was dein Sein bedeutet unbeschadet heil und heilig in dem Meinen.

Ich komme dir entgegen bis zur Grenze dessen, was Ich für dich leisten mag und lasse dich dann von den Engeln weiter in Mein delikates Geistreich führen. Bist du gewillt, in Meinem Sinne willig aus dir selbst hinauszuschreiten, empfange Ich dich offnen Herzens in des reinen Seins Gewissheit und Natürlichkeit, Erhabenheit und Harmonie. Es sei, dass du Mir völlig zugehörig wirst im Geistessinne wie in der elysischen Glückseligkeit der Sphären.

## 1.13

Von Ebenmässigkeit, harmonischem Entzücken, Seelenheil und Geisteswohlfahrt will Ich dir erzählen. Es weht ein Schimmer von Gelassenheit und Eintracht mit Mir selbst durch Mein gottseliges Gemüt. Unmittelbar erleben darf Ich was es heisst, allüberall in Meinem Sein bedeutungsvollen Frieden, Unbeschwertheit, Lebenskraft und genialen Schöpferdrang zu konstatieren.

Meine Fantasie erhebt sich über Myriaden geistvoll dargebrachte Dinge, die Ich schon verwirklicht habe und die noch anstehn, ausgeführt und ziseliert, vergoldet und in Innersten belebt zu werden.

Niemand ist wie Ich gewandter, wenn es darum geht eine Sache gründlich zu betreiben und ihr Sein zur höchstem Blüte und Vollendung, Markellosigkeit, Gewandtheit und Erhabenheit hinauf zu stilisieren. Alles kommt wie's nach Meinem Sinn sich zu verhalten hat im kosmischen Gewissen wie in der minikrimen Zellstruktur. Bilde dir nicht ein, du wüsstest wie die Lebensdinge wirklich sich verhalten. Erst wenn du vollends mit Mir eins geworden bist, kannst du genaues über Meine Weltgewandtheit sagen.

## 1.14

Dein Renommee mag noch so tänzerisch und furchterregend sein, vor dem Meinen muss es schmählich und myriadenfach besiegt verblassen. Schickst du dich jedoch an, den Faden Meines Sinngedichts und Seinsgewissens aufzunehmen, fängt dein Geistesstern zu leuchten an und wird dereinst das All erhellen mit der Sprungkraft seines Sich-Verstrahlens.

Meine Exzellenz hat sich zu deiner stilisiert im Schenkverfahren, Mein Wort gebiert das deine im Gedankenmeer und die Vereinigung der Ideale zeitigt überirdische Gerechtigkeit, Relieve der Gottesweisheit, namenlose Herzenswohlfahrt, himmelhohe Harmonie und eternellen Frieden.

## 1.15

Von höchster Weisheit ist, was Ich dir unverblümt und lächelnd präsentiere. Es beleuchtet, was dir vordem generell verdunkelt schien und setzt dich liebevoll in Kenntnis von dem was Ich zum Wohl der Welt und ihrem Fortschritt ausgebrütet habe. Nimmst du das als für dich nützlich an und befolgt du Meines Weistums götterlichte Sage, garantiere Ich dir freie Sicht auf was du wahrhaft Bist und was dich in die höchsten Ränge deines Menschseins graduiert.

Dein Bewusstsein nimmt die Züge Meiner überragenden Gewissheit von der Einheit aller Universendinge an, die von Meinem Geiste wie von Meiner Seinsgewandtheit triefen. Wonach du durch Jahrtausende gesucht, steht dir nun offensichtlich ins Gemüt geschrieben, nämlich: dass du Bist und in dieser Eigenschaft dem Sternensein von Meiner Dignität und Wetterfestigkeit Paroli bietest ungeniert und lebenstüchtig wie noch nie.

Du Bist und besinnst dich auf das geistgesättigte und sonnenlichte Fluidum der Unbescholtenheit und Reinheit des Gewissens, das du einmal warst. Du durchblätterst die Kapitel deiner Seinsgeschichte mit unendlichem Behagen und konstatierst, mit welcher Sicherheit und kapitalen Seinsgelehrtheit du aus dunklen Fernen in die neue, helle Zeit geschritten bist, von Mir geführt und durch das Sein getragen.

Bemerkenswert ist die Konstanz mit der Ich Weltenevolution betreibe über sonnenglänzende Äonen hin. Unabdingbar ist darin dein eigenes Bestreben, jedoch verglichen mit dem Meinen, recht banal. Du massest dir ein Urteil über Weltendinge an deren Hintergründigkeit du keineswegs verstehst. Es ist das Geistige, das du aus allem Weltsein ausgetrieben hast das dich darob als kälteklirrendes und seelenloses Monster anstarrt bar jeder menschenfreundlichen Moral.

Gelingt es dir dich in verinnerlichten Meditationen dich zu Mir, dem wahren Sein, gezielt, gewissenhaft, vertrauensvoll und majestätisch zu erheben, ist dein In-Mir-Ruhn für alle Zeit gesichert und in elysische Gefilde aufgehoben.

## 1.16

Ich mache deutlich, dass Ich Bin, gewaschen mit den Wassern der Unendlichkeit und alles mit Mir reissend, was da *ist*, in der Entfaltung Meiner Geisteszüge. Mein Siegel heisst „Voran" und Mein resolutes Herzbewegen stürmt uendlichem entgegen. Alles ärmliche verschwindet vor der Meisterschaft mit der Ich das Geschöpfliche behüte, und das Lädierte wird vom Heil betroffen, dem Ich vor allem anderen den Vorzug generiere. Mein Fortschritt überbrandet alles, was sich ihm entgegenstellt und bietet die Gewähr für Ausgewogenheiten, mondiale Redlichkeit, Manierlichkeit und schöpferisches Flair. Du brauchst du dich nur zu Meiner Gilde durchzuschlagen und schon gehörst du zur Partei der reüssierten Seinsverständigen und mit Mir Einigen und Wuchtigen im Gottesreiche hier.

Ich halte dich für klug, so wie *Ich* es immer war und gebe dir's herzinnig zu bedenken. Ich recke Mich und strecke Mich dem wahren Wesen, das Ich Bin, mit Nonchalance entgegen.

Meine Farben sind ins königliche Geisteslicht getaucht, mit dem Ich Mich vor aller Augen majestätisch offenbare. Es ist dir angesagt, dass du es siehst, sowie du deine Selbstbezogenheit verwandelt hast in Weltengüte und Gelassenheit am Sein und Höhwärtsstreben.

Im Grund genommen hast du nichts mehr zu verlieren, jedoch alles zu gewinnen in der weltengöttlichen Natur, die dir seit ewig eigen. Mach bitte Schluss mit deinen Mätzchen und schliesse dich Mir an im Rahmen Meines wogenden Gesindes, das Mein Ein und Alles ist im hochgezognen Welterfahren. Fürs erste bist du schon versorgt im laufenden Getriebe, doch für weiteres bedarf es Meiner Intervention bis ins Intimste deines so subtilen Wesens. Es gilt dir die allgöttlichen Prinzipien zu offenbaren, die dich seit eh und je beseelt und aufgerichtet haben. Sie sind dein eigentliches Kapital, das sich in Meinem Reiche bestens investieren lässt, um reiche Seinsrenditen zu erzielen. Im Lichte des Verklärens wirst du Meines Willens Bote sein und Meiner Gegenwart Beweis im Nimbus deiner Erdentage.

## 1.17

Pathetische Geschichten sind in Meiner Seinsart selten und in der Regel verlieren sie sich ohne nennenswerte Wirkung wieder. Hingegen sind die seinsnatürlichen Gebilde dazu angetan die Weltenszene zu beleben und den lauschenden Gemütern Frische und Lebendigkeit in Fülle zu servieren. Operierst du stets mit offenem Visier und lauterem Betragen kann Ich dir versichern, dass dir darob kein Unheil noch Blamage, Zank und Zwist geschieht im heiter aufgemachten Lebensgarten. Deine Attitüde ist die vorwärtsdrängende Geschicklichkeit, mit der du die Probleme meisterst und in Bahnen lenkst von seinsollendeter Bravour.

Polyvalent wird dein Gedankenleben und aus der Vielfalt dessen, was du unternimmst entsteht ein Werk von einigem Sich-fit-Erhalten auf der Spur der göttlichen Genügsamkeit und Daseinsharmonie. Dein Eifer wird von Mir aufs Trefflichste belohnt mit Gaben überirdischer Natur die sind: Gedankenschärfe, intellektuelle Wachheit wie das feine Wohlgefühl am Sein und Leben, das Bestand hat durch die ganze Dauer deines Seinsgewahrens.

Hast du schon so viele Klippen überwunden, wirst du auch die weiteren voll Mut, Erfahrung, Raffinesse und Bewusstheit angehn und Ihnen als redseliger Beherrscher gegenübertreten. Deine Arbeit ist es, fein säuberlich die Knoten aufzulösen, die du dir selbst durch Unerfahrenheit geschlungen und die dich keinenfalls in alle Ewigkeit behindern sollen. Dein Ziel ist von Mir klar und weise definiert als Gang in Meine Geisteshöhn, von denen du dir merklich mehr versprechend kannst als von den irdisch angekränkelten Banalitäten. Ich Bin in Sorge um dein Seelenwohl, nachdem du dich so sehr verbissen hast in deine weltlichen Affairen. Sie kommen und verwehn wie Winde, die die Ährenfelder übergleiten. Dein Bestand muss im Unendlichen gesichert sein und bleiben, damit Mein Wille sich erfülle, der da heisst: lebendige Geschöpfe sollen niemals untergehn und sich in ihrem Sein in einer Wohlfahrt ohnegleichen sonnen können. Diese Meine Absicht wird sich auch als wahr bewähren und dein Menschentum mit Güte und Gelassenheit durchströmen von der Art, wie Gottbegnadete und Geistesabenteuerliche sie aufs Innigste erfahren dürfen.

## 1.18

Tatsächlich Bin Ich das belebende Momentum, das die Seinsgeselligkeit wie auch die Einigkeit begründet im Allhier. Ich stehe für die Fülle aller Regungen und Seinsbewegungen grundsätzlich ein, die Meines Daseins vielgestaltige Essenz bedeuten. Dem reinen Sein entsprungen sonne Ich Mich im Bewusstsein Meiner Tugenden und Fähigkeiten, fulminanten Ausbrüchen und genialen Applikationen. Dem Ewigen gilt Mein Interesse ebenso wie dem sekundenschnellen Reagieren auf Ereignisse, die Mich und Meine Majestät betreffen.

Ich kenne und erkenne Mich so innig bis ins letzte Detail, dass Mir nichts entgeht, was sich im Universenkreis ereignet, wie in den minikrimsten Seinsvertiefungen die Ich Mir zugeeignet habe.

Das Köstliche an Meiner Sache sind die Seinsmutationen, die die Evolution der Weltendinge in höhere Gefilde transponieren. Bin Ich auch mit deinem suchenden Gesichte nicht zu eruieren, kannst du Mich in deiner Herzensmitte jederzeit besuchen. In dir zu weilen ist Mir nicht nur Pflicht, sondern dauernde Notwendigkeit als lebenspendendes und wirkungsvolles Elixier. Deine Kräfte sind die Meinen und dein Ansehen hat mit Meinem immerwährend was zu tun. Ich Bin die Feuerkraft an deinem Herde, Bin das Gran der Hoffnung, das dich vor dem Nichts bewahrt. Für Mich ist Fallenlassen irgendeines liebevoll geschaffenen Partikels keine Option. Es sind Mir alle gleich und zugleich an das Vaterherz gewachsen, dem es wohl ansteht Liebe zu gewähren jedem wachsenden und strebenden Erfüller seiner Pflichten im gottbegnadeten Allhier.

Ich zähle felsenfest auf dich, so wie du deine Lebensweise auf Mich gründen kannst im Reich der gütestrahlenden Unendlichkeiten. Ganz reell ist, was Ich für dich übrig habe, und generell versuche Ich, dich liebevoll an Mich heranzuziehn, damit du ganz bedenkenlos das Sein erfühlen kannst in wohlgesitteter, glückseligmachender Manier.

# 2

# Taufrisch und konstruktiv

## 2.1

Mancher Waffe magst du trotzen, doch der Sanftmut Meiner Liebe wirst du nimmer widerstehn. Veränderlich sind Lebenslust und -zeiten, doch von Meinem Herzen wallt ein Strom von Güte dir entgegen, der dein Unheil bricht und dich besänftigt mit der Fülle seines Strahlens.

Nun magst du's wissen oder nicht: in deiner Innigkeit geschehen wunderbare Transformationen, die dein Körper- wie dein Geistesleben aufrecht und gesund erhalten. Meiner Kräfte Wirken führt die Myriaden durch ihr Schicksal in des Daseins Weh und Ach; es waltet solidarisch, kompetent und hoch sensibel auch in dir.

Wo du immer wanderst, kannst du dich von Mir begleitet und zum Sein berufen sehn. Ich steigere, was du dir Bist, bis ins unendliche der Geistessphären, in denen du dich als ursprünglich und vom Gottesgeist gewollt erkennst in der Aufeinanderfolge deiner Inkarnationen.

Ich beuge keinen, der sich Mir nicht beugen will, doch damit führt er selber sich ins Jenseits Meiner götterlichten Inspirationen. Meine Geisteshallen sind den Würdigen geweiht, die Meine Zugkraft und Manierlichkeit, Gottseligkeit und Unerschöpflichkeit begriffen haben. Das lässt sie tief in Meine Wunderkarten schauen, denen an Genie und Redlichkeit, Wohlerwogenheit und Machbarkeit nichts abgeht durch Äonen. Der Glaube guter Geister an Mein Werk ist Legion, nur dass Ich wünschte, dass auch du dich mit der Zeit mit dem befreundest was Ich will und was die Geisteswelten dir verkünden. Meine Seelenmedizin spricht auch bei dir gut an und ohne die geringsten Nebenwirkungen zu generieren. Das mag dich aufmerksam und findig machen in Bezug auf Meine seinsgewaltigen und genialen Installationen in den von Mir geschaffnen Sternen-und Bewusstseinsregionen.

Das ist Mein Seins Gewissheit und Gewähr für immerwährendes Bedeuten, genauso wie es deines werden sollte in des Seins urewigem Sich-selbst-Behaupten. Du Bist, Ich Bin und allem Sein ist haargenau dieselbe Wesenhaftigkeit, Bewusstheit, Seelenseligkeit, Kapazität und unerschütterliche Einigkeit beschieden.

## 2.2

Zu Mir selber muss Ich nie wallfahren. Durch das Sein Bin Ich beständig mit dem Überall verbunden, das im Raum- und Zeitenlosen existiert als Weihegabe an sich selbst in überirdischer Manier. Was dir noch lange fehlen wird ist Mir in Selbstverständlichkeit und wissender Durchtriebenheit seit eh und je aufs Köstlichste beschieden. Nichts alarmiert Mich mehr, derweil die relevanten Glocken Mir ununterbrochen in die Geistes-ohren läuten.

Du schwelgst von isotopischen Errungenschaften, Mein Gott, woher denn rühren sie, wenn nicht von Mir, dem Ass in Sachen Wohlverstand, Geschäftigkeit und gütestrahlendem Genie. Was kann dich inniger ergreifen, als das Betrachten Meiner kosmischen wie individuellen Qualitäten, in denen Ich es allerdings zur eklatanten Meisterschaft gebracht und die Ich dementsprechend angewendet habe. Es soll dir kein Geheimnis bleiben, dass auch deine Wenigkeit ein weltenschillerndes Gefüge darstellt in dem Meinen, das Bedeutsamkeit wie Irritation, Natürlichkeit und Redlichkeit um sich verbreitet, schöner gehts nicht mehr.

Taufrisch und konstruktiv triffst du Mich immer an, selbst wenn Ich tief zu schlafen scheine, auf die Wolkenbänke ausgegossen im von Mir bewohnten himmlischen Revier. Du geruhst, die Weltendinge nur von aussen anzuschaun, wobei die ihnen innewohnende Lebendigkeit dein wissenschaftliches Gewissen nicht berührt im tragisch unvernünftigen Empfinden. Du glaubst du hättest dir schon beinah alles unter deine abertausend Nägelchen gerissen und willst nicht merken, dass nur Ich der weltgewandte und gerissne Meister Bin in allen Daseins-Disziplinen.

Kaum, dass du deine Lippen schürzest verhedderst du dich in gewissenlose Spekulationen, ob denen Mir das weise, greise Haupt beständig wackelt in verneinender Manier. Könntest du nur einmal hinter Meine Schliche kommen, gingen dir die Augen in wahrhaftigem Entzücken auf, und deinem Seinspotenzial und Kraftfluss wäre ein bedeutender Zusammenfluss mit Mir und Meiner kosmischen Beseeltheit und Glückseligkeit beschieden..

## 2.3

Gehörst du auch zu denen, die den Allsinn in sich aufgenommen haben? Ihn zu pflegen und herzinnig zu erleben ist das bewundernswerte Merkmal ihres Tuns an Meinem götterlichten Hofe. Dir dasselbe beizubringen ist Mir eine Pflicht von himmlischer Begrifflichkeit und würdevollem Dir-Meinen-Standpunkt-Offenbaren. Tändeltest du bisher weltverloren und labil dahin, so lege Ich dir künftig Meine Strippe an, um dich auf wohlbedachten Pfaden in die Seinsbewusstheit und Holdseligkeit zu führen.

Die Geschicke Meiner Lieben sind in tiefen Furchen in`s allmütterliche Sein geschrieben. Das bewegt Mich dazu, ihrem Duktus und Gewinde nachzugehn, um sie in beglückende und wohlerwogene Verhältnisse zu leiten. Du kannst gewiss sein, dass auch deines Daseins Status von Mir punktgenau entdeckt, geklärt, saniert und mit Sinn begabt wird, um es für das reine Sein zu retten.

Ich Bin das gütestrahlende Idol, nach dem die Menschengeister hoffnungsvoll und heftig streben. Meine Absicht geht dahin, den Myriaden die Gelegenheit zu bieten, sich ins Bewusstsein wahrer Menschengöttlichkeit hinaufzuschwingen durch die Erkenntnis dessen, was sie *sind* und ewig unverbrüchlich bleiben. Die Gesetze wahren Lebens sind bekannt und müssen nur tatkräftig und gekonnt, geduldig, rigoros und prächtig umgesetzt und angewendet werden. Ich feuere die Tapferen voll Inbrunst dazu an, sich schonungslos dem einen, höchst erstrebenswerten Ziele zuzuwenden, das da heisst: erkenne, was du Bist und was aus dir unendlich Wohlgestaltetes, Bewundernswertes und Erhabenesn entfaltet werden kann. Dein Ideal ist, dich dem Meinen vollends anzugleichen und im geistigen Bereich von deinem Wesen unwidersprochne Steigerungn und Gottseligkeiten zu erreichen. Du näherst dich dem Ziel und siehst keinen Grund, den Wandel aufzugeben, der dich zu Mir und Meinem Dasein von elysischer Bewusstheit, Himmelsgrazie und Einheit führt mit allem was da *ist* und was sich in Mir findet glorioserweise, dankbar und vom Siegeskranz umwunden.

## 2.4

Das Gefühl des Schwierigseins verliert sich während einer grandiosen Sache, die du angezettelt hast und die dir recht gibt bis zuletzt vor aller Augen. Da gibt es anfangs etliche Bedenken zu zerstreuen, doch mit dem Sog der guten Tat und dem, was sie bewirkt, beginnt die Herzensfreude sich zu regen. Damit aber greife Ich in deine Talschaft ein und belohne dich für das gelungene Bestreben durch so viele Seiten und brisant gesetzte Worte noch viel mehr.

Was sie von dir erzählen heitert auf oder lässt des Lesers Sinn bedenklich werden. Was Worte prägsam macht und geistreich, wohlwollend oder aggressiv ist ihrem Sinngehalt wie ihrer Silbenstärke zuzuschreiben. Sorge du dafür, dass sie dezenten Edelmut und Harmonie verbreiten, Menschlichkeit wie unermessliche Begriffe, die dem Herzen Himmelweite und Gottesseligkeit bereiten.

Alles was von Mir kommt, ändert sich im Fluss der Zeiten, wird dicht gedrängt und fühlt sich locker an, je nach der Absicht, die Ich dabei hege. Mein Gewalten bindet oder löst, wird vertraulich oder schroff, dem Gegenüber angepasst, das Ich Mir zur Belehrung oder zur Geselligkeit erkoren habe. Es wird dir kaum bewusst sein, dass du im steten Dialog mit Geisteskräften stehst, die machtvoll über Zeit und Ewigkeit verfügen. Gerade das jedoch ist Meines Willens Richtung und Gewähr, dass du in seine Mitte eingeführt und eingebunden wirst für Zeiten und Glückseligkeiten. Warm sollst du werden für die Schönheit Meiner Seinsstruktur und wissend über Sternenwelten hin die deinen Sinn aufs Trefflichste beseelen.

Du magst dir noch so viel Genuines und vortrefflich Scheinendes bedenken, immer ist es schon von Mir bedacht und ausgefiltert worden. Deine Welt ist nicht ganz neu, so wie die Meine. Originell und ausgefallen mag sie jedoch immer sein, wo du den Geist der Götter walten lässest im menschlichen Allhier. Was Mein Sein betrifft, so soll es dir mit jedem Wort vertrauter und bewusster werden, das Ich mit dir teile. Weisst du zu schweigen, so wirst du dafür von Mir reich belohnt mit Informationen, die dir markant und meisterlich zu Herzen gehn. Du fühlst dich von Mir mit- und angenommen und verweilst vergnügt im Guten, das Ich Bin und immerwährend bleibe.

## 2.5

Gewaltig und unmissverständlich schallt Mein Ruf an Myriaden Menschenohren und bezaubert jene, die ihn hören wollen mit der Botschaft: Sei und lebe seinslebendig in der Wachheit Meiner Geistessphären. Was Ich überschaue soll auch dir geboten und genehm sein, nämlich: die Gesetze wahren Lebens in des Seins zerstiebenden Unendlichkeiten. In Mir reimt sich das All zusammen zu dem einen unteilbaren Universenwesen, das Ich Bin und das du in Mir Bist im Wohlklang reiner Sphärenharmonie.

Gelingt es dir in deiner Sehnsucht nach Befriedung deiner Angelegenheiten mit Mir in Kontakt zu kommen, übergleite Ich dein wehendes Geschick mit Meinem liebevollen Vatersegen. Da weisst du dich vollkommen aufgehoben in des Daseins Variationenreichtum und gottseliger Gewähr für Frieden, Lauterkeit, Bewusstheit und gottgewollter Harmonie.

Die Berge steigen und die Flüsse schwellen an, doch du bezwingst sie alle mit dem unergründlichen Vertrauen, das du in Meine Führung und Gestaltung hegst. Deine Widerwärtigkeiten sind die Meinen und was *Ich* an deiner Stelle überwinde ist schon längstens Legion.

Alles was Ich dir verheisse ist nach dem Kräftefluss dosiert, den Ich in deines Wesens Wohllaut lege. So kommt und geht was werden will und sanft vergehn nach Meinem ideellen Aufwall und Genügen. Alles was da *ist* ist kunstvoll in sich selbst verschlungen und erweist sich jederzeit als weltenschöpferisch und seinsgestalterisch in wunderbar von Mir gewollten Zügen. Das Redliche gewinnt an Farbe und Verehrung, derweil das Unbotmässige an Kraft verliert und sich schlussendlich selbst vernichtet in der Götterlogik, die Ich formuliere.

Ich seh Mich im Kontinuum des Fortschritts durch Äonen schreiten und lange stetig bei Mir an, ohne jemals anzulangen. Einmal losgelassen gibt's bei Mir kein

Halten mehr, und was Ich universenweit gestalte, überträgt sich als Mein Nimbus auch auf deinen Willen jederzeit zu mehr und mehr. Ist es von Liebe und Geduld durchflossen, Bin Ich mit im Spiel und beglücke es mit nie verebbendem, gottseligen Umfangen.

## 2.6

Willst du dich verschenken, schenke Mir dein Herz und lass es in der Sphäre reiner Götterherrlichkeit beruhigt und beseligt schlagen. Suchst du Weisheit, Ich versehe dich mit ihr in reichen Massen und setze dich in Kenntnis von den Dingen die weit über allem irdischen Geplänkel liegen. Was dir nottut ist die Sicherheit im Pläne-schmieden, wie das klargesichtige so delikate Unter-scheiden zwischen dem was nützt und dem was in die Irre führt in deinen unermüdlichen, bewundernswerten Überlegungen. Was dir geschieht, geschieht auch Mir in vielfach potenzierten Formen des Erscheinens und beschäftigt Mich seit je und je. Toleranz ist angesagt, Verzeihen und Vergessen in den Fällen, die dich penetrant verfolgen und dir die gute Laune rauben wollen. Ich rate dir, dich mit den Weltzusammenhängen zu beschäftigen, die sich durch Jahrtausende des menschlichen Erlebens ziehn. Ich sehe dich in ihnen als ein Wanderer durch Ewigkeiten. Deinem Inkarniertsein folgt die Zeit leibfreien Lebens in den Geistessphären, in denen du Belehrungen empfängst, die das Bewusstsein von dir selbst enorm verklären, bis dein Karma dich der nächsten Inkarnation entgegenführt. Das wiederholt sich viele, viele Male, derweil du die Bedeutung deines Wesens sich ins Unermessliche entfalten siehst.

Du fängst an dich im Gewinde deines Seins zurechtzufinden, von der Jetztzeit bis zurück deinem Anfang hin, von Inkarnation zu Inkarnation, wie von den Geisteszwischenzeiten, die dich zu dem Wesen formten, das du heute bist und zu dem noch aberviel hinzuzufügen ist, bis du erstrahlst in götterlichten Herrlichkeiten.

Dein Schicksal ist es, durch Erfahrung, Seinsgewinn und Wachsen an dir selbst den Status eines Meisters zu erlangen, der sich im Menschlichen wie in den Himmelsweiten auskennt und mit Nonchalance bewegt als in derselben Heimat lichtvoll, majestätisch, schöpferisch und hocherhaben.

## 2.7

Mir eingefügt betrachtest du dein Sein als unvergänglich, in die Universenweiten ausgegossen, harmoniedurchflossen und mit namenloser Heiterkeit begabt. Du wendest dich dir selber zu in deinem Dich-wie-neu-Begründen und erlebst dich als für eine Welt geschaffen, die im Lichten lebt und in der Loyalität mit allem was da *ist*, sein Sinnspiel und Gedeihen findet. Deine Sorgenlosigkeit ist Legion und deine Meisterschaft im Klarheit-Generieren übertrifft diejenige von Myriaden, die noch längelang im Trüben und Missmutigen zu fischen haben.

Du gehst mit Mir einig, dass das Dasein auch ein glückdurchwaltetes Verhältnis mit den Geisteskräften sein kann, die den Kosmos überwallen und in Mir den Anfang wie ihr seelenvolles Ende zu erleben haben.

Findest du dich bei Mir ein, so fühlst du dich wie vor der allergrössten Unbill sagenhaftenweis gerettet, die dich schon hautnah zu bedrohen wagte. Du Bist schon immer Mein geliebtes Objekt der Sinnenfreundlichkeit gewesen und darfst dich in den Freuden sonnen, die Ich dir in Lauterkeit und Liebenswürdigkeit gewähre. Nur in der Schar der Meinen ist dir wirklich wohl und im Verein mit ihnen wirst du an nichts anderes denken als an das Heil, das dich beseelt und an die Tugenden, die von Mir frei heraus zu dir geflossen sind.

Ich halte dich wie auf emporgehobnen Händen wunderbarerweis Mir selbst entgegen und betrachte dich als Meine allerwürdigste Errungenschaft in Meinem Schöpferweben. Da geziemt es sich für dich zu Staunen über so viel Gleichsinn und Gerechtigkeit im Kosmos der Myriaden handelnden Gewalten wie in der Pracht der glühenden Gefühle, die Mein Sein wie deins beherrschen auf und nieder, hin und her.

So gehen Generationenzeiten seinsgestillt an dir vorüber. Du betrachtest ihre Vielgestaltigkeit mit Gleichmut und Gelassenheit, um dort mit liebevoller Geste einzugreifen, wo Not erscheint und wo dem reinen Sein zur güte-strahlenden Geburt verholfen werden soll.

## 2.8

Du Bist, zum Gastmahl Meiner Güte eingeladen, unterwegs so breit wie lang und hast dich jämmerlich im Lebenslabyrinth verloren. Das heisst: Ich selber kann den Weg zu Mir nicht finden, der Ich Mich mit Haut und Haaren dir verschrieben habe. Da ist das Leben Mir zu einem generationenlangen Ringen um Identität und Sittsamkeit, Verklärtheit, Zielbewusstheit und gelebter Loyalität geworden.

Meine Sache als die deine hast du auszutragen, deine Dienste allem zu erweisen, was da *ist*, in Meinem hochgeehrten Namen. Bin Ich eine Stimme, ist es die der Gottheit in den Sphären des unendlichen Sich-auf-sich-selbst-Besinnens. Es ist der Glanz der göttlichen Natur, der sich ins Universensein verstrahlt, derweil die Sehnsucht an ihm zehrt, wieder zu sich selbst zurückzukehren.

Auf dem Weg zu sein bedeutet für dich immer Heimkehr in die Wesensgründe Meiner väterlichen Unbekümmert-heit und Daseinspoesie, eine sinngeladne Ritornelle um den eignen Pol. Es dampfen schon die Pferde der Verfügbarkeit auf ihren Seinsgaloppen durch den Geisteshimmel Meiner Wahl. Und kommen sie dereinst auch rechtens an, so ist es höchste Zeit dafür gewesen.

Mein Eindruck ist zugleich der Abdruck reiner Güte, die Meinem Götterwesen innewohnt und die sich will und will ins Weltensein gebären. So sei denn, was da immer ist, von Mir gesegnet und mit dem Siegel der Allherrlichkeit versehn, in der Ich ewig, unverletzlich throne. Da ist und bleibt es licht und heiter, seinsgelassen und geschwisterlich Mir selber gegenüber mit dem Sich-Verströmen reiner Liebe im Allhier. Zu Göttergrösse ist hinangewachsen, was Ich Mir erschuf und zu tadellosem Sich-als-König-seiner-selbst-Benehmen unverwandt und abgeklärt, wohlgesittet und aufs Innigste beglückt in Mir.

## 2.9

Ich belege alle Fächer mit Bravour und konzentriere Mich auf einzelnes mit soviel Verve und Vehemenz, dass es erfolgreich werden muss in seinem alles überragenden Gehaben. Mein Manifest ist das der göttlichen Brisanz im Wohllaut Meiner Geisteszüge, Meine Tugend die der Wissenden und Weisen über Universen hin.

Gestehst du Mir den Willen zu in Meiner Kunst und Artigkeit in dir zu wirken, potenzieren sich die Kräfte und das Resultat erglänzt in Auserlesenheit und Himmelsgrazie als wie von Engelshand dahingetragen. Nicht zimperlich Bin Ich in der Gestaltung neuer, wohldurchdachter Lebensräume, die dem Nie-Erlebten und aufs Äusserste Gefälligen den Vorzug geben. Es ist die Leichtigkeit des Seins an der Ich mittels deiner Hilfe ständig laboriere. Die Ausgewogenheit in Sachen Pflicht und Freiem-über-dich-Verfügen ist an erster Stelle in Mein Arbeitsheft geschrieben. Du sollst dich so durch deines Daseins silberhelles Milieu bewegen können, dass es eine Freude ist dir dabei zuzusehn und deinem Lob zu lauschen über alles, was du dir geworden bist, in mannigfachen und bedeutungsvollen Generationen.

Unbestritten ist der Einfluss, den Ich in den Myriaden Welten leiste, die durch Mich geworden sind und denen an gestalterischer Findigkeit nichts fehlt, was irgendeiner zum Entfalten seiner schöpferischen Kräfte wohl gebrauchen könnte. Ich sage A zu allem was Ich unternehme und gleich darauf das B dazu, um es in Würde und gottseliger Gelassenheit, in Geistesminne und Manierlichkeit auch zu vollenden. Das ist der Clou in Meinem Schaffen, dass Meine Werke stets den Nimbus von getragener Bewusstheit und Geselligkeit mit dem verbreiten, was Ich Mir zur Selbstbestätigung erschuf. Nun liegt es ganz an dir, so viel an Verve und Fantasie, Gestaltungskraft und Lebenstreue aufzubringen, wie *Ich* es dir im Fluge vorgezeigt und hinterlassen habe. Das wird dann Heiterkeit und Himmelsglück für dich bedeuten, die für Äonen dein sind zur Erbauung und Erquickung fein und federleicht in Mir.

## 2.10

Metamorphose Meiner selbst betreibe Ich im grossen Stil indem Ich Mich ins universenweite Schicksal stürze von Myriaden lebelustigen Monaden. Nichts ist Mir zuviel sie auf dem Damm zu halten und ihr Sein in jeder Weise zu gestalten als getreues Abbild Meiner unzählbaren Eigenheiten.

Ich verwerte, was Ich an Mir finde, in den hochsensiblen Formen, denen Ich Mein Spruchbild, Mein Gelöbnis und Mein Seelensein verleihe. Da gäbe es von deiner Seite nichts zu deuten, wenn du nur erkennen könntest, dass du Bist genauso wie Ich Bin im grandiosen Sein verankert und aus ihm hervorgegangen.

Alle wollen von Mir reden, doch verheddern sie sich in verhängnisvollen Spekulationen mangels Wissen, was sie *sind* und was sie unbedingt erreichen sollten. Nun sage Ich dir`s: mach dich auf die Socken und ermanne dich dazu, das Geistige in dir zu schauen, dessen Zeuge du dir Bist und das in frommem Sich-Vergeben Meinen Anhalt finden soll im Unergründlichen.

Die Wende folgt sowie du dich in dezidierter Weise zu Mir wendest und dich in aller Form darum bemühst Mein Eigentum zu werden. Es gibt für dich nichts Überragenderes als dich Meiner Einzigartigkeit und Seinsbewusstheit zuzuwenden, von der die Sterne dir in ihrer Zauberkraft und Grazie erzählen. Es ist was Ich Mir selber seit Äonen vors Gewissen halte und was Mir einbleut Mir ein Fest aus dem zu machen, was *Ich* zu unternehmen fähig Bin im Stil der wissenden und weisen Göttergenerationen. Das führt unweigerlich zu mehr und mehr an wundertätigen Vereinzelungen, denen man die Ursprungsglorie von weitem ansieht im herzinnigen Beschauen. Du Bist eines von den Lichtern die sich ohn` Unterlass an Meiner Genialität entzünden und die schlussendlich wieder in das Eine, sonnenklare, münden, das Ich Bin, und dem die Weltenwesen alle ihre Dankbarkeit und Ehrfurcht zu erweisen haben.

## 2.11

Tonangebend Bin Ich alleweil im Pool der Welten der im Überall sich als Mein Wesen eingerichtet hat soweit sich denken lässt im Unermesslichen. Es ist Mir sehr daran gelegen deiner Seinspräsenz wie jeder andern auch, das Bewusstes seiner selbst gehörig einzuprägen. Damit fühlt sie sich von allem, was da *ist*, verschieden und bleibt Mir doch erhalten als Gegenstand der Einheit aller Dinge, die Ich Bin, im universenweiten Weltgefüge.

Da gibt es weder ein Zuwider noch ein dezidiertes mit Mir, weil Ich als „Ich Bin" nicht aus Mir selber fallen kann. Bedenke dies und baue eine Ehrfurcht ohnegleichen vor dir selber auf im Hinblick auf die göttliche Substanz, die in dir webt und wellt und weilt seit Urgedenken.

Was Ich dir so besage hat den Wert von Myriaden, weil es die Verbindung schafft von Mensch zu Mensch, von Welt zu Welt und damit in den tiefsten Tiefen wie den höchsten Höhn unendlich angesetzte Harmonie und immanenten Frieden. So erweist sich als gegeben, dass die Dinge *eines* Ursprungs sich auch in demselben Ende finden müssen, das Ich Bin und das unendliche Gewissenhaftigkeit und Seriosität, Behutsamkeit und Freundlichkeit um sich verbreitet. Ich kann nicht anders, als zutiefst besorgt und gütig, edelmütig und saluber zu Mir sein, so wie du`s für dich selber halten wirst im Umgang und Gehaben. In diesem Sinne ist der Grund für eine Zukunft von Erhabenheit und Tugendstärke, Loyalität und Unbedenklichkeit gelegt, der von Mir ausgeht und sich im Kosmischen verbreitet jetzt und immerdar. Das Glück des Seins ist schon am zauberhaften Sternenhimmel abzulesen und strahlt von diesem immerzu in jedes Herz zurück, das sich ihm öffnet und das sich an der Schönheit weidet die im reinen Sein sich offenbart und niemals auch nur um ein Quäntchen von ihm scheidet.

## 2.12

Lauschest du, so wirst du Meiner Stimme Klang auf einmal regelrecht in dir vernehmen. Du trittst die Stelle des Verkünders Meiner Wahrheit an und lässest dich in dieser gottbegnadeten Berufung nimmermehr beirren. Schlag auf Schlag bedeutest du den hingegebenen Gemütern, was sie tun und was sie lassen sollen in der Folgerichtigkeit der Gottestaten, die ihr Teil sind für

Unendlichkeiten. Du gibst ihnen Meiner Gegenwart Verhältnis und Format zu spüren, indem du Klarheit sprichst und Klarsicht über Generationen.

Das neue an dir ist die Unbeirrbarkeit der vorgetragenen Gedanken, die den Geist der Seinswahrhaftigkeit und Lebensliebe in sich tragen. Mir geht es darum, der Geschmeidigkeit der Völker eine Lehre zu erteilen, die sie aufweckt zur Geselligkeit mit Mir und Meinen fabelhaften Gründlichkeiten. Die Lebenszeiten sind jetzt ideal mit dem verflochten, was Ich in ihnen Bin und was Ich aus herzinnigem Befehl in ihnen konsequent betreibe. Es ist der Ruf nach Einigkeit und Friedensstärke, den Ich über Myriaden Häuptern intensiv erscheinen lasse, um ihrem Sinnen unvergängliche Impulse und Ideen einzuprägen. Alles was von Meinem Fürstenhofe ausgelegt hält die minutiös geeichte Waage des Gerechtseins zwischen dem Zuviel und dem Zuwenig, dem Überborden wie der Lethargie in Sachen lebenslustigem Verfolgen aller Möglichkeiten die da *sind* und die die vifen Geister sich gehörig einverleiben. Trinkst du göttliches Benehmen soll es dir auf deiner Stufe angemessen sein und soll sich nicht in Eitelkeit noch Unterwürfigkeit verlieren. Es soll sich in den Grenzen halten, die von Mir exakt gezogen sind und die dich Schritt um Schritt in wundersame Höhen der Begeisterung am Sein und Leben führen. Das ist dann die Erfüllung deiner Träume von Gerechtigkeit und Sinnkraft, von geschwisterlichem Miteinander-Gehn wie von der Seinsglückseligkeit, die daraus resultiert in wunderbar gesegneten und wohldotierten Massen.

2.13

Mein Eindruck von dir soll der Abdruck Meiner selbst im Gotteslande werden. Ich suche Seinsgefährten, die so fein auf jede Meiner Gesten reagieren, dass es da kein Unterscheiden geben kann zwischen Meinen und den ihren. So subtiles kann nur in dem Geistraum, der sich um uns bereitet, regelrecht geschehn. Darin muss, was immer auch vonstatten geht, in Meinem Sinne abgehandelt werden. Die menschliche Monade ist von Kräften der Allherrlichkeit beseelt, die sie zu einem Muster an Beweglichkeit, Gutmütigkeit und Rasse stilisieren wollen. Für den Moment vermagst du kaum zu träumen darüber, was du wirklich Bist in deiner jovialen Art den Lebensdingen auf den Grund zu gehn. Das ändert sich im Lauf der Inkarnationen, die dich immer klargesichtiger und weiser, geisteswissenschaftlicher, geselliger und liebenswerter machen. Ich rate dir schon jetzt mit auserlesner Wachsamkeit und Willensstärke, Reiselieblichkeit und Herzensharmonie durch jede Jahreszahl zu schreiten. Das bildet dich zu einem Wesen, das Mir gleicht und das beizeiten mündig wird für das, was Ich ihm anberaumt und zugehalten habe.

Im Untergrund der Lebensdinge herrscht wie eh und je Mein bärenstarker Wille, der sie zur Vollendung dessen dirigiert, was Ich in sie gelegt und ausgeklügelt habe. Meine Seinspräsenz ist eine Wohltat mitten in den überbordenden Intrigen und Verwüstungen, Verstiegenheiten und Konflikten, die die Menschengeister produzieren. Glaubst du denn Ich würde auf die Dauer der Nachlässigkeit und Ungeschicktheit Ablass und Relieve gewähren? Noch immer ist es Mir wie nichts daran gelegen, nach Bewusstheit und Entschiedenheit, Mitgefühl und menschenfreundlichem Benehmen Ausschau und Regie zu halten. Das vertieft den Willen Meines Waltens über sie und lässt dereinst die Freude über allem Wohlgelungenen und Friedvollen sprudeln. So werden deine Wege zu den Meinen, derweil du immer klarer siehst Mein götterliches Antlitz über allen deinen Angelegenheiten wie die lichtgeborne Strahlensonne leuchten.

## 2.14

Meinem Status angemessen entfessle Ich die Kräfte Meines Seinspotenzials und verfüge über sie als einer der sich auskennt in den Sparten Seinslebendigkeit und Daseinsharmonie. Es gibt nur *deine* Finger, um hochgeschätzte Dinge daran abzuzählen, doch in Meines Seins Revier erweist sich das Erinnern als so lückenlos, dass ihm nichts entgeht und wärs in noch so vielen Jahren. Mein Schneid in Sachen Übersicht und Wirksamkeit ist Legion und wird von keinem anderen auch nur im Mindesten touchiert, geschweige denn egalisiert und festgehalten.

Als Mein Grundsatz sei hier festgestellt, dass nur Ignoranz und Überheblichkeit imstande sind vor Mir als etwas aufzutreten, um alsogleich in ihrem Eifer schmählich wieder zu abzuhauen. So lässt sich unter Meiner Sonne nichts behänder an, als was Ich für Mich selber unternehme und was auf Meiner Zielgeraden liegt im offensichtlichen Gewinnen.

Monarchen drängeln sich von Thron zu Thron und können es nicht lassen, ihre Trümpfe machtvoll und gerissen auszuspielen. Die kommen Mir gerade recht, damit Ich ihnen bei der nächsten, passenden Gelegenheit das Mütchen kühle und ihr euphorisches Gehaben auf den Wert hinunter setze, der ihrem Rang und Ridikül gebührt.

Es taucht die Frage auf, ob überhaupt der beste Rang, den zu erringen es sich lohnt, der letzte ist im irdischen Gedränge um Bedeutung und Profil. Dann kann dich nämlich keiner unterbieten und du bist keinenfalls gezwungen zu noch mehr. Das wird von Meiner Seite her als Wohlverstand und auserlesnes Resultat empfunden, weil es Mich mit einbezieht in das Kalkül und damit einen Helfer hat von göttlichem Format im Überweltlichen.

Dir möge es gegeben sein, dich solcher Weisheit anzuschliessen, um endlich voll saniert und tüchtig aufgemöbelt dazustehn. Ich gratuliere dir persönlich zum Ergebnis deiner Mühen und lasse dich vor Meinen wohlgesinnten Götteraugen tag und nächtig seelenvolle und beglückte Freuden tanzen.

## 2.15

Ich versenke Mich in das, was Ich von Mir schon habe und teile mit, dass Meine Fähigkeit zu sein das Höchste ist was es in Wahrheit zu erkennen gilt in namenlosen Universenweiten. Mein Sein ist Mir so heilig wie sonst nichts, so sehr Ich auch Mein Inneres nach Werten, Ziselierungen, Maximen und Beglückungen befrage. Alle Köstlichkeiten Meines Lebens müssen jämmerlich versinken vor der einen, dass Ich Bin des Seins unendlich angelegtes und frappantes Selbstgenügen. Von Mir gehn alle Fäden aus, die Ich in kosmischer Verfügbarkeit zu spinnen habe. Mein Manifest erhebt sich aus denselben Tiefen wie genau so gleich Mein Ziel. Um Mich zu schauen muss Ich Abstand von Mir halten und um diesen zu erreichen traue Ich Mir zu vollends aus Mir hinauszugehn in Weiten die Ich vordem nie gesehn. Gerade das bestimmt den Reiz, den Ich an allem was Ich Bin aufs Trefflichste gefunden habe. Es ist ein eigenartiges Gefühl zu wissen, dass Ich sowohl einen Ursprung wie auch keinen habe, denn das Sein erhebt sich aus sich selbst und ist zugleich schon immer dagewesen. Nichts anderes bestimmt fortan Mein alles überragendes Agieren, dem der Nimbus der Allherrlichkeit sowie des ewig heiteren Befindens anhängt seit so viel. Von keinem, noch so kritischen und krassen Zustand lasse Ich Mich je ins Bockshorn jagen, denn in allem, was Ich selber Bin, gelingt es Mir die

Harmonie und Ordnung wieder herzustellen, wenn sie auch nur ein Quäntchen aus dem Gleichgewicht gerieten. Mein Sinn geht ohne jegliches Bedenken nach dem Sternenall, in dem Ich noch so gern Mein Wesen, still und stillend, generös und graziös verbreite, um dem Sein zu huldigen, das Ich Mir Bin seit glückerfüllten Ewigkeiten.

## 2.16

Kontemplation soll immer öfter und beständiger der Nabel deiner Welt sein, welcher dich aufs Innigste mit Mir verbindet und vermählt. Dein Tiefsinn soll durch diese Seinskonstante regelrecht zu Meinem fliessen und damit ein tête a tête von überirdischem Gehalt begründen. Da wird des Lehrens und des Lernens hin und her kein Ende sein und mit dem Fluss der gottgesegneten Gedanken mehrt sich die Weisheit und der Wohlverstand in dir.

Ich Bin nicht prüde, wenn es darum geht, dich mit Geheimnissen zu füttern, die dem profanen Weltsinn noch recht ferne stehn. Nur allzuviele kriechen schneckengleich den Höhen Meiner Geisteszunft entgegen und wer weiss, ob sie diese doch einmal erreichen werden.

Hingegen wird sich deine Mühe reichlich lohnen, denn die Meinen werden mit Geschenken überschüttet von unendlichem Gehalt wie von gottseligem Bedeuten. Du trägst das Mal der Kinder des Allherrlichen davon und darfst dich rühmen mit Ihm innigen Kontakt zu pflegen. Bald einmal weisst du was es heisst auf Meinen Höhenpfaden ungeniert und frei einherzuschreiten. Das Band der Liebe hüllt uns ins Vertrautsein, das wir zueinander hegen und das Licht der Wahrheit leuchtet hingegeben über unseren Liebestaten.

Mir ist das Begegnen mit dir keineswegs suspekt und
sonderbar, weil Ich in jedem Fall Mir selbst begegne im
innersten Bezug, den Ich für diese Grosstat ausersehen
habe. Das rundet und gesundet deines Seelenseins
Gefieder Meinem zu und versetzt dich in die Lage wie
ein veritabler Fürst im Geistbereich zu agieren.
Ungebundenheit ist deine Stärke und dein Marken-
zeichen ist die Nonchalance mit der du dich im Ewigen
bewegst. Dein Sinn steht ständig nach den Sternen, die
sich majestätisch durch dein Weltbild und Erfahrungs-
reich hindurch bewegen. Du gewinnst den Preis der
Meisterschaft im Aufgeklärtsein über Meine Züge und
geniessest das Entzücken, das daraus in deinem Seelensein und herzbewegenden Vertrautsein mit der Fertigkeit
Elysiens und ihrer Grazie einhergeht im Holdseligkeit-
Bereiten.

## 2.17

Ich begebe Mich von Meiner Weltenferne unvermittelt
zu dir in die allernächste Näh, um dir Meine Güte,
Seinsbewusstheit und Gekonntheit kundzutun. Damit
will Ich dich von deiner Lethargie zu dem erheben, was
Ich Bin, in wunderbarer Seinsgewandtheit und Erhabenheit vor allen Völkerscharen. Du wirst geschärften Sinnes
noch aus jeglichem Begegnen mit Mir und mit
lächelndem Gesicht hervorgehn, weil dich Mein Gebaren
überzeugt hat von den Geisteskräften über die Ich
jederzeit verfüge. Was kaum zu glauben ist tritt hier mit
Nonchalance und unwahrscheinlicher Gefälligkeit, mit
der Grazie des Allerhöchsten wie mit seiner Noblesse
ein, dass du von alledem gerechterweis und unvermittelt
in den Zustand reinen Seins erhoben wirst in
glückseligem Entgleiten. Was das für dich bedeutet kann
nur Ich ermessen, der Ich ständig in der sagenhaften
Weitsicht und Geborgenheit des göttlichen Ich-Bin-
Bewusstseins wohne. Auch du wirst dieses Zustands
Glorie und götterlichte Meisterschaft erringen, wenn du

nur deines Daseins Sagenhaftigkeit und Schönheit überschaust um diese mählich ganz entschieden zu bewohnen.

Konzentrierst du dich auf das, was du in Wahrheit Bist, so kann Ich dir zum Siegen über alle deine Kinkerlitzchen und Beschwerlichkeiten, Prüderien und Befremdungen von Mir verhelfen. Du wirst wieder Meiner Nähe zu dir mit Gewissheit sichtig werden und damit an dir und deiner Welt in einem Grad gesunden, der dich die Glückseligkeit des Daseins voll erleben lässt von Tag zu Freudentagen. Damit ist Mein Werk an dir aufs Trefflichste getan und du darfst im Freisein atmen, das Ich dir für Zeit und Ewigkeit aufs Allergütigste gewähre. Der Modus deines Lebens heisst fortan: Ich Bin von dem gesegnet der da will, dass ich gesund und gläubig durch das Dasein schreite mit dem Lächeln der Wahrhaftigkeit und Redlichkeit, Bewusstheit und Empfindsamkeit Elysiens auf Meinen heil-und sonnenhell gewordnen Meisterzügen.

# 3

# Willenstrotzendes Gefüge

## 3.1

Unbeeindruckt sollst du sein von den Verwünschungen des Zeitgeschehns und ihren unzulänglichen Vermenschlichungen, die dem reinen Sein diagonal entgegenstehn. Mag das deine Welt sein, Meine ist es nicht. Ich habe Mich schon immer als den Ursprung aller weltlichen Begriffe angesehn und Bin damit in allen Reichen, die da *sind*, das Erste Unerschaffene, von dem nichts überliefert werden kann, als dass es ist und seinen Einfluss geltend macht in Schoss der Universenweiten.

Wo Wahres aufgebracht und ausgesprochen wird entstehen Differenzen zum Illusionären, dem die meisten menschlichen Gemüter unterworfen sind und somit auch geneigt, ihm ihre Huldigung und Unterwürfigkeit, ihren Ernst und ihre Unversehrtheit darzubringen. Sie ziehen Grenzen dort wo keine nötig sind und versammeln und vergammeln sich in vielerlei, wo doch die Einheit allen Seins wie und je gegeben wäre.

Noch ist es für dich nicht zu spät, um umzukehren und in deiner Meinung von dir selber eine radikale Wendung zu vollziehn. Da geht es darum, dass du deinen Hintergründen forschend auf die Spur kommst und sie damit vor dich hinrückst als das Wesentliche, das dir innewohnt, im Wachen wie im Schlafen, im Leben wie im Tod seit Urgedenken. Es soll dir klar sein oder werden, dass du Meiner Gegenwart Gebärde und verehrenswerte Komposition und Schöpfung bist im Geistessinne wie im Gegenwärtigsein, in dem Ich Mich bewusst verberge. Das alles ist Mir so geläufig, dass Ich deine Unbeholfenheit in Sachen Seinserkenntnis kaum begreifen kann. Deswegen Bin Ich so erpicht darauf, dir klarzumachen, was du wirklich von dir selber halten kannst und sollst in der Fülle Meiner Wirklichkeiten, die auch dich umfassen und aufs Trefflichste begüten. Dein Sein ist ohne jedes Deuteln vollends in das Meine eingefügt und darf in keiner Weise von ihm ausgeschieden oder ausgemittet werden. Nur in dieser Perspektive kannst du je im Universenraum geborgen sein und darfst in ihm elysische Glückseligkeit und Gottesminne, Herzenseinfalt und beseelte Heiterkeit erfahren.

## 3.2

Was Ich an Mir versucht und ausgefeilt und ausgestanden habe, will Ich auch an dir vollziehn, damit das Heil in alle Welten strömt, die Ich in Meine Zucht genommen habe. Ich gleiche aus, wo sich die Spötter ihre Grube selbst gegraben haben. Ich animiere zur Beweglichkeit, wo ganze Seinskulturen festgefahren sind auf das wissenschaftliche Kalkül. Nun magst du lang und breit berechnen was da kommen soll, in Meiner Hemisphäre fügt sich eins zum anderen in wohlgestalteter Natürlichkeit zusammen und verbreitet Frieden und Entzücken um sich her.

Ich Bin begeistert von Mir selbst, weil Ich inmitten Meines Wesens das, was man den Stein der Weisen nennt, gefunden habe. Das macht Mich frei und unbesorgt im Disponieren für bewundernswerte Seinsepochen mutig vor Mich hin. Mein Sinn zielt auf Erfüllung dessen, was Ich zu Gestalten fähig Bin in unablässigem Agieren. Noch jeden Einbruch habe Ich mit Nonchalance pariert und jeder Baisse Bin Ich mit enormem Aufwand und Geschick begegnet, um sie schlussendlich doch noch zum Erfolg zu führen.

Du magst dich sehr verwundern über Meine Art, die Lebensdinge anzupacken, doch die positive Haltung ist auf jeden Fall gehörig dazu angetan, das Mögliche zu fördern und dem guten Ende zuzuführen.

Was mit sicherem Gefühl beginnt, muss auch mit Anstand und bewusstem Mehrwert enden. Das ist Mein Prinzip und muss für jeden, der da will und willig mit Mir weitergeht, bewundernswerte Geltung haben.

Du sollst begreifen, dass das Seinslebendige aus Meinem Sein und Sinn entspringt und wieder darein mündet, wenn es seine Reife, Einsicht und Entschiedenheit in Mir erlangt hat selbander mit der Meinen. Das bedeutet dann Gelingen auf der ganzen Linie der Ich seit Äonen folgte und auf die Ich Mich mit göttlichem Gespür und nie verebbender Begeisterung am Sein tiefinniglich verliess.

## 3.3

Was Mich kränkt ist, wenn die Gläubigen ihr Paternoster schnudrig und gedankenlos herunterleiern. Wozu denn das Gegacker wie auf einem Hühnerhof? Fromm sein heisst: Sich sammeln auf das Eine, das Ich Bin, um Mir die Herzenswünsche und das Lob des Tages darzubringen. Bereite dir ein Fest daraus, mit wachem Geiste vor Mich hinzutreten um, Meiner Gegenwart bewusst, vertrauensvoll und würdig deine Daseinsnöte vorzutragen.

Deine Seinsgewissheit hat mit Meiner viel gemeinsam, ja, sie muss sich wie mit Geistesschwingen in die Meine schmiegen. Dem geduldigen Erwarten folgt die Seligkeit des schweigenden Empfangens Meiner Botschaft im Gemüte. Was in diesem Fall geschieht ist ein Gedankenaustausch auf der höchsten Ebene des Seins wie des Gewahrens deiner selbst in Mir. Du siehst dich sein und anerkennst, das Grandiose wie die Grazie des Himmels, die sich hier vollziehn. Das Göttliche berührt dein Sinnen und Es animiert dich dazu, liebevoll in ihm zu weilen und zu wohnen. Das Elysische ist in dir aufgebrochen wie die zarte Frühlingsknospe in der Maienzeit in Meinem götterlichten Garten.

Was lange in dir schlief ist von Mir aufgeweckt und wach geworden. Was deine Menschlichkeit betrifft hat sich vollkommen mit dem Göttlichen vermählt und ist nun eins mit ihm in einer wundervoll geratenen Synthese von Berufung, Willigkeit und graziösem Ineinander-schmiegen. Was sich vordem als getrennt erfühlte ist nun eins mit allem ebenso wie alles in dem Einen liebevoll geworden. Mein Geisteslicht hat sich hinabgesenkt und hat das deine als ein Ebenbürtiges zu Mir hinaufgehoben. Mein Strömen hat das deine in sich aufgesogen, sodass ein einig Durch-das-Dasein-Fliessen Heiterkeit und Glück gebiert von überirdischem Format wie von gottseligem Begüten.

## 3.4

Tritt ein und vermehre das Gefühl des seligen Erwartens das in Meinen Räumen Urständ feiert zeitenlos. Mein Begriff von Andacht strömt in Lauterkeit und Liebe zu den Seinsgesegneten hinüber, die das Wesen ihrer selbst wie Meins zutiefst begriffen haben. An was Ich immer rühre wird mit Festlichkeit und Wohlgelungenheit begabt. Was in Mir aufwogt flutet sanft gewellt und sich verglitzernd zu den Meinen nieder. Ich habe nie gelernt zu sparen, weil Meine Fülle sich nicht mindert trotz den vielen fabelhaften Schöpferkräften, die Ich ihr entnehme.

Mein Ausgang ist an keine Schüttung und Vermehrung Meiner Seinspotenz gebunden. Mein Wille wird niemals erlahmen trotz der Nonchalance mit der Ich ihn in weltenschöpferischer Dienstbarkeit verwende. Machtlos Bin Ich nur Mir selber gegenüber, derweil Ich niemals Ursach finde, Mir zu widersprechen. Ob der Fülle Meiner Qualitäten muss Ich nimmer Mangel leiden an Ideen, die sich wunderbar verwirklichen und ins Fabelhafte transformieren lassen. Das Komplexe, dem Ich huldige wie nichts, wird ganz besonders an dir offenbar, derweil es von dem Einssein nie verlassen wird mit dem Ich alle Welt aufs Trefflichste beehre.

Kommt es von Mir, kommt alles bestens an im Grenzenlosen, das Ich vor dich hingesetzt und für dich eingerichtet habe. Du brauchst nur zuzugreifen im Vertrauen auf Mein Wort und schon bist du vom Glück beseelt des Andersartigen mit dem Ich ständig operiere. Meine Rezeptur geht dahin, dass Ich dir minutiös erkläre, wie du mit den Dingen umgehn sollst, die in verschwenderischer Pracht und Anmut vor dir liegen. Das stärkt in dir den Reiz am schöpferischen Tun und lässt dich deine Tage in bewundernswerter Seins-gelassenheit und Himmelsgrazie verbringen. Dein Wesen ist von Mir begünstigt immerdar und darf sich rühmen, eines Gottes Qualitäten frei heraus in hemmungsloser Heiterkeit und Seinsbewusstheit würdig und gelassen zu vertreten.

## 3.5

Kennst du das Wort: Ich habe Mich ins Sein erhoben? Es gilt, in diesem Sinne vorzugehn, indem du dich in das vertiefst, was du in Wahrheit Bist, im Morgendämmer des Dich-selbst-Erlebens.

Die Wirrnisse der Welt versuchen deine Sicht auf was da *ist* zu korrumpieren und vollends auf ihre Seite hinzulenken. Doch du hebst die Augen auf zu Mir und weidest dich an Meiner Geisteskraft und virulenten Schöne. Immer ist es dein Bewusstsein, das verhindert oder neu belebt. Jeder deiner Pläne ist auf das Gelingen ausgerichtet nach der Formel: unterstützt wird sowieso. Nur dass die Einsicht dir gebietet das Vortreffliche zu wollen und dem Mickerigen aus dem Weg zu gehn. Spielst du ein Instrument, so sind die Melodien echt bezaubernd, wenn sie Meine Hilfe, Mein Genie und Meine Sanftmut offenbaren. Du magst es kaum noch fassen wie sehr Ich pausenlos in deines Lebens Läufen inbegriffen Bin und sie zum wundwirkenden Gedeihen und zum Fortschritt führe. Jedenfalls erweisest du dir selbst den Köstlichsten Gefallen, wenn du Mich zum vornherein in deine Pläne und Belange integrierst, damit sie ihren Fortgang mit bewundernswerter Eleganz, Effizienz und Sprungkraft nehmen.

Du kannst Mir nie genügend dankbar und gewogen sein für alles was Ich für dein Wohlbefinden unternehme. Sagst du ja, so ist es noch viel mehr, und dein Verneinen hemmt was Ich schon aufgelegt und für dich vorgeschoben habe.

Ich Bin das Medium des unerschütterlichen Vorwärtsschreitens und gelange mit dem Sinngebet an dich, du mögest dich unmissverständlich ebenfalls dem Weiterkommen weihen. Das aber soll auf geistigem Gebiet geschehn, wie *Ich* es seit Äonen halte und damit unsäglichen Erfolg erzielen konnte. Meine Würde ist intakt trotz den penetranten Bürden, die Ich ständig durch die Universenweiten trage. Meine Seinsgeselligkeit ist loyal und soll auch deine sein in unergründlicher Manier.

## 3.6

Du scheinst Mich nicht zu kennen, doch so kennst du dich selber nicht und bist darum nicht zu beneiden. Zu Recht erkläre Ich Mich als der Träger aller Kräfte, die da *sind* im lichterstrahlenden Allhier. Das Konstruktive Bin Ich ebenso wie das Zurückverwandelnde im delikaten Kreislauf der Gewalten. Ich erhebe, was Erhabenheit verlangt und sorge für die Baisse, die den Ausgleich schafft im willenstrotzenden Gefüge. In allem Ernst erwarte Ich dein Mittun im Gestalten dessen, was Ich Mir erdacht und auf Mich zugeschnitten habe. Was Mich reizt ist das Verschieben der Gewichte, die im Weltenall

vorhanden sind, damit das Ganze rund läuft im äonen-
langen Zirkulieren.

Hast du Bedenken, ob das, was Ich angestossen habe,
reüssieren wird, so schaue dir die Pracht des Sternen-
himmels an und denke, wer das kann, ist auch dazu fähig
auf dem Erdplaneten Ordnung, Menschlichkeit und
harmonische Gefühle zwischen den Gemütern zu
kreieren.

Was noch brach liegt ist Mir zur Belebung vorgegeben,
was verwirrt ist wird von Mir belehrt, um zu bessrer
Einsicht zu gelangen. Auch du bist auf dem Wege durch
Erfahrung klug zu werden und dieselben Fehler zu
vermeiden, weil sie dir doch wehe tun, im zeit-
geschichtlichen Gewalten. Deiner Freiheit steh Ich nicht
im Wege, aber die Erfahrung kannst du nicht umgehn und
damit auch das Lernen, wie du verfahren sollst mit deinen
mannigfachen Gütern.

Für Kontinuität ist von Mir schon gesorgt, indem Ich
allen Menschengeistern ewige Dauer in der Unsterblich-
keit verliehen habe. Du kommst und gehst und bist doch
immer da im grandiosen Kreislauf der Gestalten und
Gewalten. Du vermehrst dein Wissen über was du
wirklich Bist und ziehst daraus den Schluss, dass es sich
lohnt dabei zu bleiben und sich den Ideen, die Ich
propagiere, anzuschliessen. Das gebiert die Übereinkunft
zwischen allen Kräfteströmen, die da *sind* und die in
Meinen überwältigenden münden müssen. Hier und dort
sind für Mich ganz dasselbe und werden auch für dich
zum selben Milieu der Eintracht werden, das Ich Bin und
dem im Laufe der Äonen auch die Myriaden Menschengeister liebevoll und redlich angehören.

## 3.7

Den Zugangscode für Mich wie für Mein Herz kannst du in deinem finden, wenn du nur intensiv sinnierst darüber, was Ich dir bedeute und schlussendlich Bin in deinen Meditationen. Du stellst dir etwas vor, derweil Ich nach dir stelle, um dich persönlich zu erreichen in der Masse derer, die sich selbst zu suchen auf dem Weg sind hin zu Mir. Was sich weltweit so ereignet ist die Morgendämmerung der Menschheit in ein gütestrahlendes Bewusstsein von Erhabenheit und Seelenharmonie. Die Vifsten kleiden sich schon jetzt in Meines Lichtes Fülle und verehren Mich als ihres Seins Idol und mustergültiges Sich-selbst-Empfinden.

In diesem Kontext stelle Ich Mich auf den Standpunkt, dass das Weltenwesen ganz genau dasselbe ist für alle die es wirklich suchen. Und sie finden es in sich, zwar tief verborgen, aber umso strahlender je mehr sie sich darum bemüht und eingeschliffen haben.

Ich Bin für alle offen, doch nur die wahrhaft Hoffenden sind fähig, Mich in Meiner Seinsverborgenheit auch zu erreichen. Was ihr Wille ist, ist Mir Befehl geworden und Ich eile, ihn in liebevoller Gangart täglich auszuführen. Da mag dich noch manch prasselndes Gewitter überkommen, das herbe Nass verläuft sich wieder und das Strahlenlichte steigt am Horizonte auf, die Seele zu erfreuen und dem Geist Impulse zu verleihen von Bedeutung, Klarheit, Übersicht und Wohlbefinden.

Das alles trägt dich unaufhörlich himmelan und prägt in dich die Ansicht von der Güte allen Lebens wie von der Gewissheit, sie in allem Ernste zu erreichen. Das geschieht durch hocherfrischende Gedanken und Gefühle über allen Daseins Wert und wunderbare Symmetrie mit dem was Ich Mir Bin und ewig bleibe. Es kann nicht anders sein, als dass auch du in Meinem Ein- und Alles intergriert und gegewärtig Bist als der verehrte Schluss-stein in der Sternenwelt unendlich heiterem, glückseligen Gewölbe.

## 3.8

Ich Bin des Denkens Kraft in reinem Über-Mich-Verfügen. Mein Wille ist Legion und entfaltet sich im Universenreigen. Verbindlich ist das Seinsgefühl das Ich beglückend in Mir trage. Im einigen Umfangen gewahre Ich das Equilibrium im kosmischen Geschehn, das Ich Mir Bin gewaltig und erhaben. Was droben ist von Mir in Geistesräumen, verströmt sich leidenschaftlich und gewissenhaft, geistvoll und versöhnlich an das Untere, dem Ich genauso innig angehöre. Die Myriaden sind im Geistessinne eins mit Meines Universenwesens Seinskapazität und sind gehalten, sich sowohl als Ganzes wie als Seinsvereinzeltes zu fühlen.

Wie kann es dazu kommen, willst du wissen, wo doch per se gesehn die Völker weder Lust noch Laune zeigen, sich dem reinen Geiste zuzuwenden. Dennoch steht es in den Weltenplan geschrieben, dass die Fürsten wie die Bettler dereinst wissen werden, wer sie wirklich sind. Es tritt das Wunderbare ein, dass jeder seine Herkunft kennt wie auch das Ziel, zu dem er sich unweigerlich und stetig hinbewegt.

Nach Meiner Weisung Wirkkraft, Solidarität und Motivation wirst auch du dir die Gelegenheit nicht mehr entgehen lassen, Stuf um Stufe wohlbedacht hinanzusteigen im Sinn der geistigen Gewandtheit wie in dem der Menschlichkeit bis zur Erfüllung deiner Plicht in göttlichen Regie. Ich halte dir das Soll so nahe vor die Augen, dass du`s nicht weiter übersehen kannst und nach ihm handeln musst in seiner Farbigkeit wie Fahrigkeit und deinem angebornen Seinsgenie. Es erweist sich als gegeben, dass du Bist ein Korn in Meinem Acker, eine

Krume auf dem Feld der Weisheit, die nun aufgeht und zur veritablen Wissenschaft vom Sein gedeiht durch Mein inständiges Berufen. Das ist der Weg, die Wahrheit und das Leben auch für dich im Götterparadies.

## 3.9

Wer kann das Unerklärliche begreifen, wenn nicht Ich, in Meiner überragenden Kondition. Ich verwerte, was Ich Bin, auf eine Art und Weise die verblüfft und die die Herzen höher schlagen lässt, ob dem was sie erleben.

Ohne deinen Einsatz ist bei Mir nichts zu haben. Alles ist fürs Ewige bestimmt, was Ich verwalte und robust erhalte. Ich gleiche aus, wo Unmut sich erheben will und tränke dich mit sinngeladenem Vertrauen. Was du dir vorstellst, ist geprägt von dem was vordem war. Und war es liederlich so wird dich auch in Zukunft Zweifelhaftes plagen. Doch Ich helfe dir die leidigen Probleme, die dich eng umschlungen halten, aufzulösen. Wachheit und Besonnenheit verleihen dir die Kraft, Verwirrtes zu durchschauen und durch kluge Überlegungen einem sagenhaften Ende zuzuführen.

Dass du es weißt: Ich Bin das Gute in Persona und nur in Mir wird deine Seele Ruhe und Gelassenheit, Verzeihung und Erbarmen finden. Das ist dann die Fontäne der Glückseligkeit, die silbern vor dir aufspringt und deine Geistigkeit in Meine Höhn erhebt elysischer Begeisterung am Sein und lichterlohen Leben.

Du findest in Mir, was du eh und je gesucht hast und darfst dich vertrauensvoll an Meine gloriose Seite schmiegen. Alle deine Wünsche sind erfüllt, indem Ich dir den einen, überwältigenden leichterdings ersetze durch des reinen Seins verblüffende Regie. Es kommt wie aus dem Nichts in dein Bewusstsein eingeflogen und erfüllt dich mit der Wirklichkeit Elysiens, in der du dich geborgen und erhöht, für gut befunden und gesättigt fühlst. Du Bist, was du schon immer warst, Mein vielgeliebter Teil vom ganzen, genauso wie das Ganze als ein Seinspartikel mit genau derselben Qualität wie Es. Gewinne du was dir schon längst gehört und vermache dem Unendlichen den Zauber deiner Liebesgaben. Du stärkst damit des Weltenbundes Strahlen und verweilst in Heiterkeit, Beglückung, Hoheit und Bewusstheit in unendlich liebevoller und entzückender Manier.

## 3.10

Mondial ist die Methode, die Ich Mir zugute halte, um in jedem Fall zu reüssieren, sei sie noch so delikat und rätselhaft gediehen. Ich halte Mir die Fähigkeit der Schöpferkräfte vehement vor Augen, Dinge zu erfinden welche vordem weder da noch dort noch irgendwo vorhanden waren. Das verleiht Mir Kraft sie nach-zuahmen und Mir das, was sein soll, als verwirklicht vorzustellen. Damit erschaffst du ein Gedankenwesen, das sich selbst erhalten und betätigen will. Kann es dir von echtem Nutzen sein, hege es und lass es sich an dir entfalten. Doch dem Schädlichen gib keine Chance.

Eine Wallfahrt zum Allhöchsten sei dir deines Lebens Spiel. Vor dem Göttlichen hast du dich nicht zu fürchten, geschweige denn vor dir. Nur dass du es erkennst, als deines Seins Essenz und majestätische Rochade. Du Bist indem Ich in dir Bin, und setzest du Vertrauen in Mich bis aufs Blut, blühen deine Lebensqualitäten auf wie Myriaden Keimlinge in einem Liebesgarten.

Was dich einst quälte ist weit hinter dir verschwunden und was du dir zur Herzensfreude auserwählt, ist dir zum triumphalen Gegenwärtigsein geworden.

Achte was zu achten ist und überleg dir gut, was deinem Fortschritt dienen soll für Ewigkeiten. In Freiheit kannst du über dich verfügen, doch sind es *Meine* Kräfte welche dir seit jeher zur beglückenden Verfügung stehn. Mein Licht ist es das deine Welt erhellt und Meine Tugenden der Redlichkeit und Liebe können dir und deinem Hofe wohl gefallen. Mein langer Atem führt dich über Generationen zur Gerechtigkeit am Sein und Leben. Meine Fülle ist das Unerschöpfliche an sich, von dem du zehren magst so viel du willst, dass es dich kleide und mit Herzensglück begabe.

Es sei, dass deine Wege Meinen ebenbürtig sind und dass dir die Einsicht wohl gelingt in Meine Hemisphäre strahlender Glückseligkeit und lichterfüllter Schöne. Du hast es in der Hand dich Meiner zu bedienen und an Meinem meisterlichen Wohlgehalt in Liebesfreude, Heiterkeit und Herzensfrieden zu vergehn.

## 3.11

Dem Ungezähmten setze Ich das Selbstbeherrschte, Majestätische entgegen, wie es sich für Gottbewusste auch gehört. Ich sehe Mich weit über dem verweltlichten Getriebe, das sich selber seine Bahnen und Besonderheiten schuf. Was kann dir besseres gelingen als dich als versierter Wanderer durchs angestammte Leben zu bewegen und zugleich im Bewusstsein Meiner Herrlichkeit dein ideales Heim zu finden.

Ich Bin dir Hort und Heimat, so wie du`s niemals besser haben und erleben könntest. Ich betrachte dich als Eingeborener in Meine Sphären und setze alles daran, deinen Wünschen Wahlrecht und Erfüllung, Qualität sowie beseligenden Nachhall zu verleihen. Es mag dich treffen, was es immer will, Ich besänftige den Schlag und lenke schliesslich alles doch zum Guten. Nur dass du Mir wie dir Vertrauen schenkst in unbedingtem Masse, damit Ich Meine Quellen sprudeln lassen kann, deinem Wohlbefinden und Salut entgegen. De facto steuerst du mit deinen musterhaften oder kritischen Gedanken alles, was dir so begegnet, hier und dort und lässt es flüssig oder bockig, wertvoll oder wohlfeil werden. Ich kann dir nur. zu dem verhelfen, was du selber willst, denn deines Freiseins Ordnung hat bei Mir Priorität.

Es mehren sich bei dir die Zeichen des vernünftigen Gewahrens dessen, was du Bist, und demnach wirst du es auch in der Tat aufs Schicklichste erreichen. Göttliches gesellt sich ohne Aufschub Meinem Lichtwert und Verlangen zu, indem du kommst und dich nicht scheust die alt gewordnen Pfründen zu verlassen. Ich empfange dich mit offenen Armen in dem Reich, das allen angehört und zu dem sich dein Bewusstsein ohne jeden Abstrich soll verfügen. Was du darstellst ist das Sein an sich, worauf du zählen kannst in allen deinen Operationen und Geschichten, Gesinnungssträngen und Verhaltens-mustern, die du akquiriert hast im Verlauf von vielen Daseinsgenerationen. Bewahre dich in Mir und sei damit ins Glück des Seins getragen.

## 3.12

Im Wendekreis der Hoffnung lässt sich`s wie im Märchen leben. Du starrst nicht mehr auf Dinge, welche du nicht haben kannst und welche dir nichts nützen auf der Fahrt ins ewige Erleben. Ich habe dir den Spruch ins Herz geschrieben: alles ist so richtig wie es ist in Meines Schicksals Pfründe und bedeutungsvollem Resümee. Erwarten sollst du nichts, was dich in Fesseln setzt von irgendwem in deiner sagenhaften Seinskarriere. Nur von Mir sollst du dich faszinieren lassen stilgerecht und generös. Das verleiht dir dann den Drive nach höherem Empfinden und Befinden und taucht dich in den Schimmer Meiner Güte und Gelassenheit am Leben.

Nicht umsonst soll Ich dich auserwählt und zu dem erkoren haben, was du Bist und was dir zu erkennen aufgegeben ist in deinem Brauchtum und Revier. Von Meiner Warte aus gesehen gilt es, dich beträchtlich umzumodeln von der Psyche eines Geisshirts in den Hochsitz eines Gottes von der Art wie Ich ihn innehalte alleweil in dir. Das zu erreichen musst du keinen Sou an Kosten kalkulieren, aber jede Menge an brisantem Mut und merklich aufgefrischtem geistigen Bewegen. Das festgefahrne Denken lockern und mit neuem anzureichern ist dein Los und neue Kleider in Bezug auf deine Geisteshaltung anzuziehn dein Schicksals veritables Angebinde Mir entgegen. Was du bisher noch nicht erkanntest soll dir jetzt geläufig werden, dass du Bist ein Erdenbürger vom Format der Gottheit, die sich in dir in Szene setzt und dir die Kraft verleiht dich in ihrem Sinne bestens zu bewähren. Was Ich von dir erhoffe ist der gütestrahlende Entschluss viel mehr an geistiger Beweglichkeit aus dir herauszuholen als du`s bisher tatest. Deine Kühnheit in Bezug auf seinsbezogenes Verhalten soll dir zum Begriff und Ideal gereichen für ein Leben in bewundernswerter Gottgefälligkeit im Sinne dessen, der Ich Bin in dir. Dein Wandel soll der Meine werden und dein Nimbus soll die Prägung Meiner Seinsbewusstheit offenbaren, glückerfüllt, wahrhaftig und gediegen.

## 3.13

Raum-und zeitlos sollst du in den höheren Gefilden dich ergehn, die Meines Seiens Stätte sind in grandios gesetztem Stil. Menschliches und Göttliches sollst du zu einer Wesenheit vereinen, die du Bist und die dich fähig macht über jede Unbill des Geschicks gewissenhaft zu triumphieren. Das sage Ich nicht aus dem Grunde, um dich aufzuheitern in den Tücken deines Daseins, sondern um dir einen seinsgerechten Anhalt zu verleihen für dein künftig geistig Wohl. Dein bewusstes Sein soll dir die Fülle aller guten Gaben offenbaren, die Ich dir verlieh. Sie sollen dich die rauschende Beseligung empfinden lassen, die dir auch gebührt in der Ägide reiner Gottesfreundschaft eingeführt von Mir und Meinen Gnaden.

Was Ich dir vermittle ist die Lehre von dem Sein an sich, das in dir wohnt und werkt, sich aufbäumt und sich behutsam niederlegt, wenn es sein täglich Werk an dir getan. Du kannst dich zu ihm stellen, wie du immer willst, es weiss was es an dir getreulich zu verrichten hat mit unwahrscheinlicher Geduld und Noblesse, Genialität, Gutmütigkeit und Energie. Gibst du dich ihm hin, so steigt dein Wert vor seinem Blick ins Unermessliche der Himmelssphären, in denen du das Wunder deiner Seinsgeburt erlebst in grandios gesetzten Zügen. Bist du willig, fällt Mein Wille kraftvoll als die Lauterkeit an sich über deine Angelegenheiten und lässt sie verdienstvoll, reichhaltig, weltbewegend und gediegen werden. Du Bist viel mehr als du dir je zu sein getrautest in deinen virulenten Fibern. Meine Machart muss zu deiner werden und vice versa im unendlich angefachten Weltgetriebe. Meine gütestrahlende Doktrin soll auch in deines Herzens Kammern die beglückend Regie und Richtung führen. Deinem Wohl ist nichts hinzuzufügen alsobald wie du erkannt hast, welche Dienste Ich an deinem Hof zu leisten fähig Bin, wenn du nur zulässt, dass Ich alles, was du Bist, aufs Tunlichste verwalte und erhalte und mit dem Siegel der Gottseligkeit verseh.

## 3.14

Willst du Eigenwert kreieren. lass dich von dem inspirieren, was du Bist und was Ich Bin: vom Sein, das sich in Myriaden Variationen offenbaren will im Wunderbaren. Ich Bin dir Stütze dazu und Gelenkigkeit im Absprung wie im zielbewussten Landen und vollbringe alles vor dir in Gedanken, was dir gleich darauf geziemend einfällt und gefällt für deine furiosen Taten.

Du rechnest damit, dass Ich dich befruchte und befeure, wenn es darum geht, besonderes hervorzubringen, so dass nichts zu wünschen übrig bleibt an Attraktivität, Perfektion und Qualität.

Du bist an Meinen Gabentisch getreten, von dem du dir stibitzen kannst, was dir immer wohlgefällt und was du präsentieren willst vor einer Welt des Staunens und des Sich-in-Rufen-der-Begeisterung Ergehns. Was ihr noch fehlte, fügst du selbstbewusst hinzu und was ihr wohl bekommt gehört zu einer deiner Liebesgaben.

Du lebst von dem was *Ich* dir zum Erleben offeriere und verwandelst in Gediegenheit und schiere Wohl-gefälligkeit was *Ich* dir in die dargebotnen Hände lege. Das geht so weit, dass Ich dich im Kontinuum mit dem bediene was am Ende Hunderttausende beglücken soll mit seinem strahlenden Impuls zum Heil und Wohl der Bruderschaft der Menschen. Beginnst du deinen Beitrag zur Manierlichkeit und Menschenwürdigkeit allüberall zu leisten, öffnest du den Weg zu Mir, dem Ursprung aller Dinge, wie der seienden Gewähr für Wandel, Fortschritt und begeisterndes Begaben. Mit Meiner Hilfe wird dann sagenhaft, was vordem gut war und unendlich zukunftsträchtig, was bis dato nur als Eintagsfliege zu betrachten war.

Es zeichnet sich bei dir die götterlichte Wohltat ab, mit der Ich alle wahrhaft Willigen begabe und die dich fähig macht, aus dir hinauszugehen in Mein Reich der sprühenden Wahrhaftigkeit wie des unendlichen Beglückens in der Freiheit und im Lichte Meiner sinn-begabten Geistessphären.

## 3.15

Ich webe und erwirke Weisheit in den Weltensphären. Momentanes wird in Mir zur Wirklichkeit erhoben, Gewesenes fällt hinter Mir ins Reich der Schatten wie des In-sich-selbst-Beruhns. Nun aber tritt vor Mir der Morgenschimmer ins Gewahren und verbreitet sich geruhsam ins Unendliche mit silberhellem Sich-Verstrahlen. Lichtblau ist sein Wesen und bestrebt sich Meiner Seele mitzuteilen masslos und gediegen.

Nun melde Ich Mich bei dir an mit der Erkenntnis Meiner himmelweiten Züge, die von nirgendwo zu irgendwo zu reichen scheinen. Ich Bin Mir selbst das wohlgesättigte Idol des freien Über-Mich-Verfügens. Nichts und alles hängt an Mir, derweil Ich es mit wohlbedachter Selbstverständlichkeit in seine Schranken dirigiere. Ich aber Bin und lasse niemals an Mir deuteln oder Mein Gehabe ins Verachtenswerte ziehn. Mein Aufgang wie Mein Niedersinken sind dem Gang der Sonne zu vergleichen, die sich nicht zu kümmern braucht, um was sie will mit ihrem Strahlenbund erreichen.

In Tat und Wahrheit Bin Ich Mir so selbstbewusst wie`s keiner sich im Mindesten getrauen würde. Genau das aber ist am Besten dazu angetan, Mein Mich-Verbreiten zu gewähren und damit Meinem Glücksempfinden Vorschub und Manierlichkeit zu leisten.

Was immer Ich mit Meinem Sein berühre wird von Edelmut und majestätischer Vernunft beseelt, die beide akkurat von Mir bis ins Unendliche reichen. Ich trage Sorge zu dem Meinen und bedenke seinen Wandel unentwegt mit liebevoller Anteilnahme wie mit dem Respekt, die ihm gebührt aus Gottes- wie aus Menschengründen. Das ist eine Meiner ewig juvenilen und grazilen allumfassenden Beschäftigungen, dass Ich Meisterhaftes und Beglückendes in Szene setze und im

Laufe der Äonen und Verwirklichungen, götterlichten Taten wie Geruhsamkeiten noch viel mehr.

## 3.16

Der Gewinner kann nur Ich sein, weil Ich vordem alles, was Ich war, verloren habe. Es herrschte Schmalhans in der Küche Meines Mich-Erholens; nun ist der Reichtum über Mich hereingebrochen blütenreiner Geistigkeit im Seinsrevier. Kein Wehlaut mehr nur grenzenlose Freude herrscht in Meinem Mich-Begüten, seit das Wahrhaftige an sich in Meine Seele eingezogen.

Ich komme Mir daselbst zuvor mit Liebenswürdigkeit und liebevollem Staunen über soviel heiss ersehnte strahlende Natürlichkeit in Meines Daseins Elegie. Nun habe Ich erfahren was es heisst, ein Eingeborener des Lichts zu sein in himmelhohen Sphären.

Beredt und unbesorgt verkünde Ich Mein Schicksals Wendigkeit im Sinn der Grazie Elysiens und Wohlfahrt in den Weiten, kosmischen Gewissens, die Ich Mir in sagenhafter Eintracht mit Mir selbst errungen habe. Wonne herrscht und Frieden in der Seele seligem Revier wohin Ich Mich zurückgezogen habe. Es ist die Wohltat reinen Seins, die Ich Mir noch so gern gewähre, nachdem Ich in der Fülle Meiner Taten regelrecht verstrickt war und im Grunde ausgeschieden. Nun lebt sich`s in der Seinsvernunft auf götterlichtem Boden wie verwandelt und verzaubert in das Künftige hinein, ohne einen Hauch von bitterer Besorgnis in gelöster Atmosphäre. Meine Segel sind hoch aufgezogen und erhaschen sich den Wind der Welt aus weiten Fernen, die Mir Heiterkeit und delikate Wohlgefälligkeit am Sein und Leben bringen.

Es will Mir angelegen sein, auch dich zur Seligkeit des Seins hinanzuführen. Das ergibt dann eine wohlbedachte Steigerung des Seinsgefühls, das Ich Mir immer schon zugute halte. Die Redlichkeit der Sterne in dir zu erwecken zieh Ich aus und kehre mit Erfolg und wunderbar gesegneter Befriedung zu Mir selber wieder.

## 3.17

In gottgeweihter Stunde will Ich dir die Wachheit eines Geistesfürsten zugestehn. Dir erwächst daraus die Einsicht, dass du Bist der unbeschränkte und erhabene Beherrscher deiner Welt im Körper- wie im Geistessinne. Zudem ist dir der Einblick in Mein Reich gewährt, das Ich in dir und deinem Hofstaat liebevoll errichtet habe. Du Bist, vom Ebenmass betroffen, mit dem Ich dich bewirte und bewahre, befruchte und ins ereignisvolle Dasein zieh. Das ist, damit die Einheit aller Dinge und Gewalten sich an dir wie Mir erfülle ohne jedes Wenn und Aber abgezirkelt zu Äonen.

Hier steht geschrieben, dass Ich dich begründe, genauso wie du Mich begründest in der Seinspräsenz von Meinen Gnaden und Versicherungen. Meine Pläne haben es in sich auch dich und deine geisterfüllte Schwebeleichtigkeit zu Mir hinanzutragen, wo der Friede herrscht, der Zug zur Genialität sowie die mütterliche Sorge um dein Wohl.

Am Ufer Meiner Seinsgewässer wirst du niemals stranden, sondern wie die Venus aus den rauschenden Gewässern auferstehn. Deine Seele ist an Schönheit wie an artigem Benehmen nicht zu übertreffen, derweil sie sich zum Kreis der Gottgesegneten gesellt, die sich getrost, geschwisterlich und seelenvoll um Meine Mitte scharen. Von dem Lichtfest, das Ich Bin, sind die Morgenschatten längst verflogen und die Benedeiten lassen sich vom Melodienwogen, das Mein Reich durchflutet, zur aufgeschlossnen Heiterkeit verführen. Willst du einer von den ihren sein ist hier gefragt? Verstehst du dich im Gleichmass mit der Grazie des

Himmels um das Sein zu drehn? Was immer dich bewegt, es ist Mein eigenes Bewegen und was dich ins Elysium befördert ist der nie verebbende Elan, mit dem Ich alles was Ich will und wünsche unternehme. Sei und singe ist die unbestritten lieblichste Parole, die Ich dir empfehlen kann und die dich künftig leiten soll voll Verve und Inbrunst, Seligkeit und Mitgefühl, Seinsentzücken und Begeisterung geradewegs zu Mir.

# 4

# Wachheit vor dem Herrn der Welten

## 4.1

Dein Heil hängt oft an einem dünnen Faden, der von Mir gehalten und von dir gespannt wird sorgenschwer. Sovieles ist genauso in der Schwebe zwischen dir und Mir und kann bei kleinem Anstoss und Verdruss das Gleichgewicht verlieren. Deswegen rat Ich dir in Sachen Seinsvernunft und gläubigem Vertrauen einen Vorrat anzulegen, der dich schützt in dräuender Gefahr, damit du stets mit Mir verbunden bleibst in gottgefälliger Manier.

Dem Wenn und Aber sollst du stets die Stirne bieten können mit der Nonchalance der Tüchtigen in Meinem Reich der tausend Fantasien und Verbesserungen alleweil zu deines Schicksals Los.

Was du nicht kennst, das kannst du nicht bekennen, und wenn du Meinem Dasein, keinen Wert und keine Wirkung abgewinnst, verblasst, was du dir vorgenommen und deine Mühlen mahlen leer. Was du auch immer unternimmst, Ich Bin das Korn in deinen Schalen und der Keim in deines Gartens Umbruch und Gewinde. Nur sollst du lernen mit dem richtig umzugehn was Ich dir pausenlos zugute halte, um deine Lebenskraft zu stärken und dich als frohgemuten Wanderer durch deine Wesenswelt zu sehn.

Mein Beistand für dich ist für eine Ewigkeit beschlossen, nur muss er dir genehm sein und von dir abgerufen werden, wenn dich Mangel trifft und weltliches Versagen. Im Gottesreich kann es kein Missgeschick und keinen Unmut geben. Bei Mir ist alles so intakt und und unversehrt wie eh und je und kann von niemand angetastet werden. Die Lichtkraft Meines Seins wird niemals untergehn und die Verhältnisse in Meinem Reich der Mitte sind für alle Zeit stabil. Was aus Mir wandert, kann sich auf den Stab unendlicher Gemeinschaft mit Mir stützen. Seine Wege sind nach Meinem Wohlsinn vor ihn hingezeichnet und seine Gangart ist ein königliches Schreiten durch die Weltenweiten hin zu Mir. Wohin Ich seine Schritte leite sprudelt reine Anmut seinem Blick entgegen. Was ihm auch in Mir begegnet ist von Zartheit, Zuversicht und Stärke ein Idol, das ihn befähigt das Gewölbe seiner Welt mit nie versiegendem Erfolg gewissenhaft zu tragen. In Mir ist alles gut und Güte der Allherrlichkeit in deines Seins Gewandtheit und Reliefe.

## 4.2

Was Ich dem Einzelnen mit Nachdruck ins Gewissen sage gilt auch für die vielen die noch unentschlossen und verwirrt am Weltenabgrund stehn. Sie alle sind von Mir dazu berufen festen Tritts voll Mut und Seinsvertrauen ins Unendliche zu schreiten. Dort erwartet sie das unerhört Verblüffende ihr wahres Selbst zu schauen, das Mein Teil ist in der Unermesslichkeit der Geistessphären.

Gefasst und wohlbehalten trittst du vor Mich hin, um den Ritterschlag der Edelmütigen und Weisen zu empfangen, die das Wagnis ihres Lebens hinter sich gebracht und mit Bravour bestanden haben. Nun sind sie wieder mit dem einen, reinen Sein vereint, von dem sie vor Äonen ausgegangen und in dem sie *sind,* mit dem Unermesslichen auf Du und Du mit allergrösstem Wohlbehagen. Ihr Wesen ziert ein Kranz von lichterfüllten Sternen und ihr Sein erstreckt sich über Universenweiten hin. Wie wunderbar ist es für sie sich in der Wohlgeborgenheit des Alls zu fühlen, das Ich Bin, und das in ewiger Gewähr die Ordnung, Redlichkeit und Sitte darstellt, die zur allgemeinen Wohlfahrt und Beglückung führt.

Was Ich dir seit Urzeit ohne Unterlass verheissen habe ist für dich zur Wirklichkeit geworden, dass du Bist „der Weg, die Wahrheit und das Leben", geradeso wie Ich es

Bin in dir. Die Vereinigung des höchsten Guten mit dem Liebesgut hat stattgefunden und das Licht vom Lichte ist voll Seligkeit und Wonne zu sich selber heimgekehrt.

Hast du Meiner Rede Sinn begriffen, fehlt dir zum Aufstieg in Mein Reich nichts mehr. Du darfst es Tritt um Tritt erwandern mit der Zuversicht der Seinsgesegneten wie mit dem Willen wahr zu sein und Seinsbeständig im Bewusstsein der Allherrlichkeit die dir von Mir beschieden. Es wandelt sich dein Sinn zum Sein in Meiner Fülle und Gerechtigkeit am Leben, zur Lieblichkeit Elysiens wie zur vollendeten Bewusstheit, dass du Bist das Ganze wie der Teil, die Güte wie das Gut im ewigen Gesunden.

## 4.3

Im Geistraum, den Ich meine, herrschen Wohlfahrt Seinsgefälligkeit und sagenhafte Ruh. Gehörst du ihm manierlich, vielversprechend und holdselig an, Bist du ein Zeichen Meiner lichten Gegenwart im liebestrahlenden Vereinen. Die Kenntnis dessen, was du Bist, befreit dich von der Kette furioser Sorgen, die du grundlos und gedankenlos um dich gelegt. Deine Lage ist prekär genau so heftig wie du sie in deinem Seinsbewusstsein sehen willst, und sie präsentiert sich locker und gelöst im Mass des Seinsvertrauens, das du zu dir hegst.

Willst du dein Leben regelrecht und heiter, seriös und seinskonform geniessen, muss es dir angelegen sein Meinem Wort den adäquaten Stellenwert und Sinngehalt, Einfluss und Purismus zuzuschreiben, die ihm auch gebühren.

Du magst es drehen wie du immer willst, Ich stehe seinsgerecht und würdevoll am Anfang deiner Taten und raune dir Verachtung oder Gutschrift zu, je nach der

Absicht, welche du damit im Schilde führst. Willst du mit Vorteil Meinem Sinn gemäss agieren, muss es dir angelegen sein in absoluter Wachheit vor dem Herrn der Welten dazustehn, um seine Absicht wahrzunehmen und ohne weiteres nach ihr zu handeln.

Bist du klug sollst du durch Meinen Einfluss weise werden, bist du tapfer stelle Ich dir Meinen Schild und Meine Inbrunst zur Verfügung, dass es dir ohne weiteres gelingt den Sieg davonzutragen. Mehr braucht es nicht, als die Gewissheit Mir und keinem andern zu gehören. Besser kann es nicht mehr um dich stehn, als wenn du dich Mir vollends, sober und gelassen hingibst in den seinssubtilen Geistessphären. Dein Wandel ist von Mir geprägt vom Anfang der Geschichte bis zum seelenvollen Ende ihrer Spur, wenn du im Gleichschritt mit Mir deines Lebens Sinngehalt durchschreitest und ihn anerkennst als Meine Gabe aus des Götterherzens immerwährendem Gedulden, Kraften und beseligendem Wohl.

## 4.4

Meine Wahrheit kann die deine werden, wenn du deinen Willen darauf richtest, Mich zu finden überall und nirgends in des Lebens seinsnatürlicher Verbundenheit mit Mir. Ich walte so, dass Meine Kunst und Gunst in allem sichtbar wird, was *ist* und dass dein wacher Geist daraus die rechten Schlüsse ziehen sollte. Ich lege dir die Schlüssel für Mein Königreich bedingungslos in beide Hände und ertappe dich dabei, wie du sie umdrehst und bestaunst und weder mit dem einen noch dem andern etwas anzufangen weisst. Das ist Meine grandiose Sorge, dass Ich Mich selber in dir nicht begreifen kann, wo Ich doch so viel an Klugheit und Gelassenheit, Lebensmut und Kühnheit in dich investiert und für dein Wohl verwendet habe.

Da muss Ich warten und mit liebevollem Seinsgedulden Meine Weltenpläne dennoch zu verwirklichen suchen. Das kann Jahrtausende in Anspruch nehmen, während denen du als Wissender von Mir nichts wissen willst und wie taub durch deine Leben rennst im Zuge deiner Inkarnationen.

Daraus kann sich regelrecht die Question ergeben nach dem Grund des Unheils, das so viele noch beseelt, und hierzu muss Ich freilich sagen: es ist die Freiheit des Entscheidens, die dich dazu verführte deine eigenen kleinmenschlichen statt Meine götterlichten Pläne zu verfolgen. Das führte dich ins Chaos deiner selbst und zugleich in ein Unterscheiden zwischen Gut und Böse, rechts und links und auf und ab in deinen Dispositionen. Das bringt dich mählich zu der Einsicht, dass es unumgänglich ist, für wirklichen Erfolg den Dienst der Schöpferkräfte anzurufen. Das ist dann die Wendung. Du beginnst auf deinem Schicksalsweg zu reifen wie die Frucht am Weinstock Mir und Meiner Herrlichkeit entgegen. Meine Schleusen öffnen sich dir zu und überschütten dich mit Gnaden unvergänglicher Behutsamkeit am Weltenwerk, das Ich in Mir und auch in dir betreibe. Du ziehst am selben Stricke alles Weltgeschehen himmelan und siehst dich durch die Lebenstage wandeln in glückseligem Genesen an dir selbst, sowie am Mythos der verehrenswerten Seinsgerechtigkeit, den Ich gar liebevoll und universenweit um Mich verbreite.

Der gute Hirt will seine Schafe recht betreuen, und der Weltgeist ist darauf bedacht an seinen Wesen Wunderbares zu verüben. Fühlst du dich einsam mitten unter Millionen kann nur Ich dir ein Gefährte sein, der dich als Freund und Tröster in der Not durch dick und dünn begleitet, dass du dich in ihm geborgen fühlst und sicher wie in deinen besten Tagen. Das Menschliche hat seinen

Reiz im Sich Verbinden wie im mannigfachen Auseinandergehn. In vielen Fällen ist es heilsam und beglückend, doch kann es auch vom Traum zum Trauma sich entfalten, schicksalsmässig, peinvoll und verstiegen. Was Ich dir zu bedenken gebe ist das Fazit der Geschichte, dass der Bezug zum Menschlichen zwar unumgänglich ist, doch ist es deine Pflicht dich ebenso Mir zuzuwenden, damit du nicht verdirbst inmitten deiner genialen Kalkulationen.

Nicht vergebens sollst du bei Mir Schutz und Stärkung, Wohlbefinden und Verlässlichkeit gesucht und angefordert haben. Ich kann dir aus der Fülle des Allherrlichen vergeben was Ich immer will und was dir nützlich ist in deinen Dich-als-Fortgeschrittener-Betragen.

Du klammerst aus, was dich vordem umklammert hielt und gehst als Freigewordener vor Mir einher mit dem Bewusstsein alles recht gemacht und ausgeführt zu haben. Was dir noch fehlt, das ist der wohlbedachte Aufstieg in Mein Reich der geistigen Errungenschaften durch das Meditieren Meiner Werte, die zugleich die deinen sind. Das fühlt sich wie ein Zauber an, von dem du hingerissen bist, wenn du erkannt hast, wie erbaulich und beglückend es sich anlässt Meinen Einfluss unvermittelt zu erfahren. Es gibt nur das, was Ich dir Bin im Grundgehalt von deines Wesens Aberwilligkeit, Erkennerblut und Loyalität Mir gegenüber. Nur *einem* Herrn und Hirten kannst du dienen und darfst dabei erfahren, welche Daseinswonne dich durchströmt. Du Bist eins und einig mit Mir, geistesfroh und seinssalut geworden in elysischer Vertrautheit mit dem Ewigen wie mit dem Seinsbewusstsein alleweil in Mir.
„Ruhe im Frieden“ will heissen: lass dir nichts zuschulden kommen, was deinem Herzen Unruh und Verdruss beschert. Hast du dich auf irgendeine Art

vergriffen, Ich mach es wieder gut nach deinen Willen und Gewissen.

Ich taufe dich mit Meines Lichtes Strahl, damit du deine Schuld erkennst und lege dir die Mittel in die Hand sie adäquat zu sühnen. Dann stehst du vor dir selber wie vor Meiner Hohheit als der Reine da wie Ich es immer in dir Bin und propagiere.

Das Verzeihen liegt Mir auf der Zunge, schon wenn du bereust was du getan. Wie gerne lass Ich Gnade walten vor dem Recht dich zu bestrafen für dein Tun.

Was Mich betrifft beherrschen Reinheit des Gewissens, Redlichkeit und Güte Meinen Aufenthalt in den erlauchten Gärten des Bewusstseins, denen Ich Mein Sein verdanke. Was Ich in ihnen Bin gehört den ewigen Gesetzen an, die Seinsgerechtigkeit, Erhabenheit und Lebenssinn erzeugen.

In diesem Weistum geht es auch um dich, den Ich mit Leidenschaft bewohne, wie um den guten Ruf, den Ich um jeden Preis vor dir wie vor Mir selbst bewahren will in rühmlichen Sentenzen die Mein Vorübergehn verfolgen. Der Liebeshimmel blaut dir Hoffnung an auf den Gewinn des Anstands, den Ich in jedem Fall von dir verlange. Das ist dann die Krönung deines Menschenseins, wenn es den den Status des Allgöttlichen erreicht hat, den es schon immer innehatte, ohne es zu sehn.

Mir ist beschieden, ohne jedes Deuteln, frohgemut einherzuschreiten durch Äonen selbstbewussten Schöpfertums und Dirigierens. Das liegt an Meinem Willen Meine Wesenskräfte auszuspielen und dem Rad der Seinsgeschichte kräftige Impulse zu verleihen. Immer weiter geht das so und immer seinsvollendeter in grandiosen Meisterzügen. Und du Bist inbegriffen in das

Sich-Veredeln der gedankenkräftigen Gemüter, die da *sind* und sich am Dasein gütlich tun in allen Reichen, richtungweisenden Verbindlichkeiten und beglückenden Sensoren.

## 4.5

Einem steten Wandel ist die Ansicht von Mir selber unterworfen und als Quintessenz derselben mausert sich ein Seinsgefühl hervor von absoluter Überlegenheit und geistgewollter Stärke, welche steten Wohnsitz in Mir aufgeschlagen haben. Nichts mehr ist getrimmt und abgemindert, wo Ich die wohlbewusste Ursach in Mir fühle, göttliche Bedeutsamkeit, Manierlichtkeit und Zuverlässigkeit in Meinem Sein zu tragen.

Was Ich immer will, beruht auf dem Gedanken, dass Mein Seinspotenzial zu allem fähig ist, was Mir so einfällt weltweit und gebieterisch zu unternehmen. Da gibt es niemals Katzenjammer über ein Zuviel, das Mir in Meinem Eifer aus der Hand geschlüpft ist mit bedauernswerten Mängeln angetan. Alles was Ich schaffend Mir erschuf atmet Konsequenz und Können, malefize Tüchtigkeit und mustergültiges Gehaben.

Eine Schneegans lass Ich fliegen mit derselben Selbstverständlichkeit, mit der Ich Rasterpunkte auf ein maschinelles Farbenbildnis setze. Himmlisches wie Höllenheisses ist Mir völlig untertan und nichts bedarf der Klärung in des Soseins Manifest und Folgerichtigkeit von Meinem Mich-mit-Seinsgelassenheit-Durchdringen.

Die Spanne Zeit ist riesengross, derweil Ich alles was Ich will vollbringe. Mein Ansatz ist gespickt mit Fertigkeit und wohlbegründeten Manieren, Meine Laufzeit ist von der der Besten immer noch aufs Löblichste verschieden. Hast du begriffen, was es heisst, wie Ich zu sein und beachtest du, dass Ich in deinem Wesen stets zum Sprung bereit Bin neue Abendteuer und Gefechte zu bestehn. Weitab von allen Sorgen Bin Ich Mir bewusst, wie seinsbeglückend und bewundernswert das Handeln ist an Mir wie an der Universenwelt, die Ich in einem dauernden Prozess aufs Köstlichste gebäre. Mein Konzept ist siegreich schon seit Anbeginn der Zeiten und erfüllt sich an sich selbst in seinsbegeisterndem und in der Einheit angesiedelten, gottseligem Agieren.

## 4.6

Was kann dir stärker imponieren und dir aufs Freundlichste hofieren als der Umstand, dass du Bist des Weltengeistes Trieb und Inhalt, Partikular und Unermesslichkeit im selben Zuge. Du Bist Substanz vom Allerhöchsten und hast deswegen keine Ursach mehr, dein Schicksal zu beweinen. Alle Fäden deines Seinserkennens laufen akkurat in Mir zusammen und beschäftigen dein Sein als deines Schicksals allgewaltiges Gefüge deinem Wesen unerbittlich eingefügt.

Kapitale Weltenkräfte walten in dir, die du zu verwalten hast in Generationenfolgen von enormer Dichte und Gedankenfülle, Lebenskraft, Verbissenheit und Poesie. Du hast dir manches Süppchen regelrecht versalzen und hast wiederum gewisse Lebenszeiten voll begeistert ausgekostet bis zum Gehtnichtmehr.

Zwar bist du mit wachem Geist dabei gewesen, aber das Bewusstsein von dir selbst hat nur in kleinen Schritten wachsen können bis zum heutigen Bestand. Nun wohnen Seinsverständnis und Erhabenheit, intermittierende Bewusstheit wie die Grazie des Himmels schon für alle Zeit in dir und können nicht mehr wegbedungen werden. Hast du je ein kapitales Freudenfest gefeiert? In diesem Falle ist es angebracht wie nie zuvor aus Daseinsgründen und mit dem Bewusstsein der Holdseligkeit die dir verliehen ist von Mir.

Was dir nun beschieden ist sind paradiesische Glückseligkeit und Unbeschwertheit ohnegleichen, weil du Mich erkannt hast als das Elixier des Seins an sich im preisgekrönten Leben. Deine wahren Werte liegen offen ausgebreitet und gezählt vor dir und dein Seinsempfinden darf sich hemmungslos bis in die höchsten Höhn erheben. Begriffen hast du, was du Bist, und was du für die Welt bedeutest in der Auferstehung zur Gottseligkeit, die regelrecht in dir geschah. Dein Sinn ist seinspräsent in Universenweiten und gehört sich selbst sowie dem Ganzen an in einer gloriosen Fülle von Verankerungen und Synthesen.

## 4.7

Der Geist der Welten spricht: Ich Bin des Seins Substanz und Manifest in einer Wirklichkeit von alles überragendem Bedeuten wie von einem Wachbewusstsein ohnegleichen. Mein Wortsinn trägt Mich selbst in Universenweiten wo durch seinen Schwung und sein Erröten Welten sich verwirklichen in Myriaden Entitäten in - sich selbst beglaubigendem Stil. Sie alle sind durch Mich bewusst geworden und erklären sich als Sein vom Sein in ewig wissender Manier.

Dem Ewigen an sich ist weder Zeit noch Raum bekannt in seinem Sich-als-Sein-Erfühlen. Seiner Wirklichkeit entspricht das Überall zugleich und seinem Reichtum ist die Selbstverständlichkeit als Merkmal und beglückender Gewinn hinzugegeben. Konstanz und Unvergänglichkeit sind Meines Wesens gloriose Attribute, die sich durchs Band behaupten, derweil sie Wirkungen von unerhörter Pracht und Vielfalt, Mustergültigkeit und Majestät entfalten. Was an sich kostbar ist begleitet Mich in nie erlahmendem Bestreben Werte zu erschaffen, die von jedermann bestaunt und ohne weiteres als Weltenwunder und Erwecker delikater Andacht und Begeisterung begriffen werden.

Mir ist nichts zuviel, sowie es darum geht noch nie Gewesenes in Reinkultur hervorzubringen und es mit dem Siegel göttlicher Vernunft und Eintracht zu versehn. In Meinen Gärten überwiegt das silberhelle und von Mir geförderte Florieren, derweil sich die beglückenden Erbaulichkeiten in die Länge und die Breite und bis ins Unendliche erstrecken. Jedes Wesen ist sich seiner selbst bewusst in seiner Eigenart zu leben und zu sein im Unergründlichen das in ihm seine Wohlgefälligkeit entfaltet. Es ist ein Sinnspiel ohnegleichen, das sich in Seinsgerechtigkeit, Erhabenheit und Wonne an sich selbst vollzieht, und wie es nie begann, so wird es niemals enden.

## 4.8

Worauf Ich Mich verlassen kann ist Meines Seins unendliches Gefieder, das Mich durch alle wunderbaren Weiten trägt des Existierens. Nie geschaffen, nie dem Untergang geweiht verleihe Ich Mir selbst ein universenweit erstrahlendes Kontinuum von geistiger Potenz in unvergänglichem Genügen. Was Ich äonenlang geschaffen mag vergehn, Mein Mir-selbst-bewusst-Sein jedoch wird sogar den Untergang der Sternenwelt geruhsam überdauern, majestätisch, konsequent und ewig morgenschön.

Ich habe Mir das grosse Los in eigener Regie erwählt und zugehalten. Mein Sinngehalt ist der von Myriaden, Wohlfahrt schaffend, Sphärenklang und Freisein grenzenlos. Meine Mitte ist zugleich der Umkreis aller Meiner Äusserungen, Mein Sinngedicht der Bogen der Errungenschaften die Ich Mir im Wohlklang schöpferseliger Gestimmtheit zugelegt.

Ich brauche nicht von einer Zukunft königlicher Mustergültigkeit zu träumen, weil Ich sie schon immer selbstverständlich und gediegen intus habe. Das

Grandiose wie das Minikrime sind Mir eigen in derselben Qualität die Mein gesamtes Sein durchzieht in wundersam gesittetem Durchströmen. Ein Wogen ist's und Wallen von enormer Leichtigkeit und Dichte des Erlebens, die Mich tiefgründig und gewissenhaft beseelen. Mein Geist ist wach in ungezählten Faszinationen, die Ich Mir zugrunde legte seit Ich Bin und seit Mein Dasein sich in nie verebbender Glückseligkeit bewährt. Das Nonplusultra Meiner alles überragenden Staffage ist sich selber das Perpetuum Mobile der Geistbewegung, die von Mir den Universenraum durchwaltet und belebt. Meine Züge sind die Züge des allherrlichen Gewissens, das Mich immerzu beseelt und das in seiner Güte Liebeslicht verstrahlt in sonnenheller, ewig heiterer azurner Harmonie.

## 4.9

Ein Konzept von überirdischer Bedeutsamkeit ist Meinem Sinn entsprungen, derweil du noch nicht warst und Meine Kräfte sich geheimnisvoll im All verspielten. Was Ich zu berichten habe, soll sich wie ein Weckruf überall verbreiten, wo Wesen sich befinden und wo der Geist der Wahrheit seine Kreise durch die Himmelweiten zieht. Was Mir oblag war: Meine Seinsgedanken zu verdichten, bis sie dem Seher sichtbar wurden, der Ich selber war und der aus dem Chaotischen an sich Gebilde formte die zu etwas taugten ohne noch berührbar oder spürbar menschlichem Begriff gemäss zu sein. Ich liess in die Weiten laufen was Mich so bewegte, ohne die Gewähr, dass es sich je zurückfand dorthin wo es hergekommen, nämlich seinsgerecht zu Mir.

Ich Bin die Wiege allen Weltgeschehns, der Ursprung aller Sprünge und die Überlegenheit im Bilden von genialen Seinsgedanken ohne Mass und Ziel. Du jedoch hast sie zu bündeln und zu festigen und sie in Portionen abzuteilen, die handlich und behandlungsfähig sind, um

Entitäten von bemerkenswerter Qualität hervorzubringen. Dein Reifen hängt an dem was du zu leisten unternimmst mit den von Mir zugrund gelegten Fähigkeiten. Was einstens Mich war sollst *du* werden und was Meinem Morgenrot entspricht soll in dir farbenprächtiges Abendleuchten werden.

Das alles klingt so schön und ist es auch in Meiner Art, begeisternde Gedanken abzuzählen. Du gewinnst an ihnen, was du lang entbehrtest und bedenkst dich selbst indem du ihrem Sein Beachtung schenkst und liebevolles Unterweisen. Meine Arbeit ist getan, die deine kann beginnen und Bist du Mein Galan vermehrst du weltweit das Zur-Seligkeit-Gerinnen. Ich stosse dich nur an und was du da vollbringst ist deines Witzes Einstieg in die Gilde schaffender Gemüter, die da *sind* und denen jedermann vertraut, ob ihrem adorablen Sein, sowie ob ihren seinsbedingten Wundertaten.

## 4.10

Das Angeheizte hat mit Lucifer zu tun, dem Lichtgeist, der die Menschen blendet und zur Verwegenheit verführt. Das Zuviel an Wille ist ihm zuzuschreiben, die Gewohnheit sich im Ruhm zu sonnen und die Selbstbezogenheit zu pflegen. Zwischen ihn und Ahriman ist Christus hingetreten, um dem rechten Mass der Menschlichkeit wie ihrem Seinsbezug zum Siege zu verhelfen.

Mein Einfall in dein Leben ist von Unerbittlichkeit und Weisheit, Himmelsheiterkeit und Grazie geprägt, die Ich mit Gelassenheit in alle Welt verströmen lasse. Weit ist Mein Mantel, mütterlich, sensibel und global, den Ich über die zerstrittenen Gemüter breite, um ihnen Halt und Tröstung, Mitgefühl und Sinnkraft zu verleihen. Ich stehe für sie ein, durch alle Lebensphasen kindlicher wie hochgeschossener Natur. Das lässt sie endlich doch an ihrem Schicksal wachsen und gedeihen immer konsequenter und erfahrener im Weltenwogenden Gedankenmeer.

Wie viel braucht es doch und doch wie wenig, um von Mir geführt den Lebensstrich vernünftig zu durchwandern. Wie gerne lass Ich Mich an deiner Seite nieder, wenn du Mir genügend Raum dazu gewährst. Ich habe dich erwählt zum Günstling Meiner Applikationen wie zum Führer einer Heerschar kämpferischer Geisteskräfte, die gewillt sind und gestählt in Deinem wie in Meinem Namen Sieg um Sieg und Schritt um Fortschritt zu erringen.

Ich stehe im Begriff vor deinem Angesicht die Siegel deines Lebensbuches Zug um Zug zu lösen und um dir eine Tücke nach der anderen zu klären, die du kühnen Schreitens unverzagt und willig auszukosten hast. Sanft und seelenvoll leg Ich den Glanz der Gläubigkeit auf deine Züge und mache rund an dir was vordem kantig war. Mein Schild ist voller Güte rund um dich gelegt und Meine Hoffnung hilft der deinen in dem Künftigen das Glück der Sterne wie die Grazie des Himmels zu erwarten. Du Bist erwählt und wirst es ewig bleiben, seinsgestillt, gefasst und motiviert in Mir.

## 4.11

Ich siebe ständig Unanständiges aus Mir heraus, um Meines Reiches Ruhm und Reichtum rein und bodenständig zu erhalten. Momentan beschäftigt Mich der Weltgang und berauschende Betrieb nicht allzu sehr. Gar viele ängstliche Gemüter horten, was sie nie gebrauchen können, derweil andere verschleudern, was für Myriaden wertvoll und besonders dienlich wäre.

Meine Zwecke sind im genialen Schaffen neuer Entitäten anzusiedeln. Grandiose Werke, nicht von hier, stehn auf dem mächtigen Programm, das Ich Mir schon vor Urzeit vorgegeben. Mir geht`s darum, das All mit Sinngehalt und Raritäten, Spurenelementen und berückenden Ideen anzufüllen, die für jedermann verständlich und begeisternd sind im Wohllaut ihrer Meisterzüge. Daraus geht hervor das unablässige Bestreben innovativ und malerisch, bezaubernd und konkret zu sein in Meinen seinsstupenden Äusserungen und Befehlen.

Ich beklage niemals ein zuviel des Guten, sondern wirke raumvermehrend, generös und kraftvoll, rund herum in neue Sternenbahnen investierend, lichtvoll, eins vom anderen verschieden. So erfülle Ich, was Mir beschieden, unverzagt und zügig, kompetent und richtungweisend universenweit in einem seinsbrillanten und erhabenen Gedankenspiel.

Mit Mir ist nicht zu spassen dort wo es sich um den Fortgang und die Fügung unerhörter Numinositäten handelt, die Mein Renommee gezielt ins Unermessliche verbreiten. Meine Zeichen stehen auf Erfüllung überall, wo sie am Lebenshorizont erscheinen und Mein Arbeits-feld ist das Immense, dem sich alles beugen muss, was *ist* und was noch rätselt um das wie herum, derweil *Ich* die beste Lösung längst gefunden habe. Wo's bei andern schief gilt, lasse Ich`s bei Mir ein lebelang gedeihen und wo Gewaltentrennung angesagt, lass Ich das eine Walten, das Ich Bin, in unbeschreiblicher Loyalität mit allen Weltenwesen, die am Werken sind in Meinem Namen und Gedeihen, Wunderwerk und Paradies

## 4.12

Nichts lasse Ich verlauten, ohne dass Ich Mir`s gebührend überlege, ob es auch geziemend, lauter und gerecht sei, Mir und den Wesenwelten gegenüber. Damit vermeide Ich, auch nur das feinste Unrecht zu begehn und schreite durch Äonen vorwärts im Triumphe der

Wahrhaftigkeit und Güte, Mustergültigkeit und Harmonie. Gerade das jedoch mag Ich noch jedem bestens gönnen, der da unter Meiner Obhut steht und munter und geschliffen seine Wesenskreise zieht. Überhaupt Bin Ich der Vater und Vertreter aller Lebensdinge, welche Redlichkeit, Erfolg und Innovation verstrahlen. Meinen Kämpfen liegt das ungeschriebene Gesetz zugrunde, dass sie fair sind jedem noch so kuriosen Gegner gegenüber, weil Ich ihn gründlich kenne in der Schau auf Meines Seinsbewusstseins Arsenal.

Geheimnistuerei mag Ich nicht leiden. Meine Stärke ist die Offenheit dem Menschenvolke gegenüber, das Ich unter grösster Anteilnahme schuf. Siegeskranz um Siegeskranz hab Ich Mir selbst gewunden bei dem Urteil über den bewundernswerten Einsatz, den Ich von Fall zu Fall mit unnachahmlicher Bravour geleistet habe. Meine Sterne stehn im Reinen, darf Ich ohne weiteres von Mir behaupten. Meine Räte sind die klügsten Evergreens, die man sich denken kann, und alles ist in Meine Seinsregister eingetragen, was Ich je erfunden und empfunden habe.. Hilflos sind die Meisten, wenn es darum geht Erinnerungen aufzufrischen und die intimsten Details glasklar und entschieden vor den wachen Sinn zu legen. Das ist aber strikt vonnöten, wenn du in Meinem Reich der Sonnenklarheit reüssieren willst auf Bahnen des unendlichen Befriedens deiner Seelenkräfte und Errungenschaften. Leicht und licht soll alles in dir werden in der Gottbegnadung, die Ich dir gewähre. Was du je erfahren hast, gereicht dir nun zum Heil und zur bewundernswerten Geistesbrücke, die in himmelweiter Grazie von dir zu Mir hinüberführt, von der Vergänglichkeit ins ewige, glückseligmachende, vertrauliche und seelenvolle Seinsgedeihen.

## 4.13

Christus betritt die Lebensszene und klärt die Situation, in die die Menschen sich hineinbegeben haben. Das Ahrimanische hat Wirkungen gezeitigt von enormem Durchsatz und Vermögen, es entzweit, wo das Christliche verbinden und versöhnen möchte. In der Zeit der Passion ist den Finstern Mächten sehr daran gelegen, ihre Kräfte zu entfalten und Unruh und Verlegenheit zu stiften. Meine Kräfte jedoch haben immer schon die Überhand gewonnen. Sie verwandeln das Entarten in ein Wohlgeraten edelster Manier. Das Krumme lernt geradaus gehn und vom Bedrückenden wird Dampf gelassen, bis die schöne Leichtigkeit im Bund mit dem Unendlichen und Weisen wieder dominiert.

Es verbreitet sich Mein Segen landesweit wie durch die Universenregionen, deren Rektor und Prospekt Ich ständig Bin im wissenden wohlwollenden Dahinterstehn. Auf Meiner Fährte lässt sich sicher und besinnlich wandeln und in Meiner Obhut breitet sich die Himmelstrautheit aus, mit der Ich Welten liebevoll vermähle.

Dein Motiv kommt Mir gerade recht, um gütig einzugreifen und um nachzuweisen, wie Ich ungebrochen über allem steh. Das bewirkt Gemeinsamkeit im Vorwärtsschreiten, wie begütigendes Lächeln in der Seelennot. Ich hab dir noch unendlich viel zu geben und will es auch begeistert und tiefinnig tun. Das nährt den Boden der Beschaulichkeit am Sein und Leben und lässt jede Menge Freudenfrüchte daraus spriessen. Was vordem harzig schien, läuft wie geölt von dannen und was der Unmut zeugte hat die mutige Bedachtsamkeit von Grund aus bestens überwunden.

Nun dürfen die bewundernswerten Himmelskräfte wieder Auferstehung feiern. Das Klösterliche hat gesiegt und Meine liebevolle Hand verbreitet Eintracht und gottseliges Genügen. Das Seinsvertrauen schwimmt und gleitet obenan und in Gerechtigkeit am Dasein, Heiterkeit und Loyalität, Holdseligkeit und Seinsgewissheit schlägt es sich getreulich nieder.

## 4.14

Vor der Hand beginnt die Welt zu strahlen, hinter ihr ist sie Gedankenträchtigkeit und Unermesslichkeit des Brütens. Noch nicht geöffnet sind die Schleusen, die den Tross fantastischer Ideen in die Weltenwirklichkeit entlassen, wo sie sich entfalten und aufs Köstlichste vermehren sollen. Das Graduierte, Ziselierte, wunderbar Gewundene entsteht durch die Beschaulichkeit des Überlegens, durch die Verwirklichung wie durch die Resonanz, die sie erzeugt im Weltenwogen.

Noch längst nicht alle Karten hab Ich ausgegeben. Genauso flattert und flaniert die Fahne des erschaffenden Gerechtseins durch die Lüfte reinen Seins, damit sie Himmelstau in Fülle von sich lassen und dem Verfestigten die Nahrung für das Aufblühn, Wachsen und Gedeihen zugestehn.

Auf diese Weise findet alles, was von Mir erdacht ist, seinen Ausdruck und sein fabelhaftes Resümee. Meine Kräfte offenbaren ausserordentlichen Sachverstand wie liebevolle Sorge am Geschick des so Entstandenen in universenweiten Dispositionen. Hat das Verwirklichte genügend Fuss gefasst, kann es sich selbst erhalten in den mächtigen Traditionen, die sich allmählich in das Leben eingebürgert haben. Es entsteht der Eindruck, als wäre alles aus sich selbst geworden, derweil Ich nach wie vor als Urgeist unentbehrlich und belebend hinter allem steh. Diese Wahrheit gilt es regelrecht zu pflegen durch die Generationen kluger Denker, die da ihres Seins bewusst geworden sind. Sie haben sich an das Unendliche zu wenden, wenn sie ihr Wissen um die Welt gebührend runden und gesunden wollen. Sie sind das B zu dem Ich schon vor Urzeit Mein verheissungsvolles A gesprochen habe. Das ist die Wahrheit allen Seins wie ihr Vollenden in des Alls Manöver, Sittlichkeit und weihevoller Harmonie

## 4.15
**Überlegungen zur brennenden Notre Dame in Paris.** In der Choreografie des Leidens wird der Schmerz zum Feuer und das Feurige zum Schmerz, der die Weltenseele blutig brennt und sie tadelt dafür, dass sie ein solches Kunstwerk gab verloren. Totenstille trägt den Dom zu Grabe, der vor Jahrhunderten aus frohem Meisselklingen auferstand. Die Herzen voll von Schreckenstrauer die den strassenlangen, rabenschwarzen Zug ins Nirgendwo begleitet. Wer ist bestraft für was geworden? Wohin sollen soviel Tränenbäche fliessen, wenn nicht ins tiefe, tiefe Weh der wundgeschlagnen Seelen. Träg und desolat geworden schlingt die Seine ihre Arme um die Isola des brandverkrusteten Gebälks, das räuchelnd, abgestürzt, zerschmettert, kreuz und quer auf den zermalmten Kirchenbänken kniet. Ein Bild des Jammers, das das Menschenherz zerbricht und es, noch eben lebensvoll, mit Dolchgeschossen niederstreckt zu schmerzlichem Parieren. In Bann geschlagen blickst du wieder dorthin, wo die Flammen das uralte Dach durchlodern und es in ihrer Gier zerfressen, wie Riesenstiere nimmersatt ein schreiend Heer unschuldiger Kälblein seelenlos verschlingen. Das Brennen brennt noch jede Laune nieder, raubt den Schlaf und lähmt den Mut zu einer trauersatten, resignierenden Gebärde. Die Welt nimmt ihren Lauf, doch ist ein Seelenvolles in ihr plötzlich und brutal zerschlagen worden. Wolkendunkel überschattet Horizont und Himmel und belädt die Millionensphäre mit verzweifeltem Kapieren.

# 5

# Erkenntnis Meiner Güte

## 5.1

Momentanes kann sich in die Länge ziehn, doch Sich-Verewigen ist ihrem Anhieb nimmermehr gestattet. Die menschlichen Gemüter sind so angelegt, dass sie vergessen können ob dem Neuen, das sich ihnen zudrängt durch die Lebensrapsodie. Sie lassen das Erfreuliche vor ihrer Andacht und Gewissenhaftigkeit vorüberziehn und prägen sich die Szenen ein, die wie glückseligmachende Demanten vor dem Aug gefunkelt haben. Unvergänglich ist der Kunstgenuss, den ihnen eine Opernschau bescherte und schwingende Konzerte klingen mit balsamischer Behutsamkeit und Weichheit in ihr weit geöffnetes Gehör.

## 5.2

Musst du denn beständig deinen Reichtum an Ideen weiter treiben? Sie vermehren sich in eigener Regie und steigern unablässig und vertrauensvoll ihr strahlendes Bedeuten. Was werden will, das wird und wird doch zur Vergänglichkeit geboren. Das Vorwärts-Schreitende hat es in sich Bedeutendes zu hinterlassen, das ihm zur Quelle wird für neue Inspirationen.

Aus allem was da *ist* ragt als ein Urgebälk und Patrozinium das reine Sein empor, das Ich Mir Bin, im Einssein mit Mir selbst wie in der Auserlesenheit von Meinen götterlichten Trieben. Das macht sie wertvoll und bewundernswert, natürlich und gediegen, dass sie rein sind in sich selbst und keiner Besserung und Orchestrierung mehr bedürfen.

Auf der ganzen Linie Meiner geisterfüllten Aktionen wachsen Keime myriadenfach zu veritablen Schöpfungen empor, die sich in ihrer Eigenart und kühnen Relevanz aufs Trefflichste behaupten. Erkennst du dich als eine von den ihren, darfst du dich in aller Form als Avancierter und Allmenschlicher betrachten, dem nichts abgeht, was auch Ich besitze, in der Fülle Meiner tonangebenden und allbewussten Qualitäten.

Was seit Äonen universenweit bedacht wird, trägt das Siegel Meiner Geistpotenz und genialen Folgerichtigkeit von Meinen Schöpfertaten. Das Allmenschliche ist das verheissungsvolle Spiegelbild von dem was Ich Mir Bin und ist nicht wirklich im Vergleich mit der Substanz und Geisteswirklichkeit, die Ich mit fulminanter Überzeugung, Redlichkeit und Garantie vertrete.

Was Mich sicher macht, ist der Bezug zum Seinsgewissen, auf das Ich ohne jegliches Bedenken zählen kann in der Tradition der ewig sich verwandelnden Gestirne wie dem Ein und Alles, das in seiner Unverrückbarkeit die Basis bildet für die Zauberkraft und Liebenswürdigkeit von Meinen Göttertaten. Ihre Seinspräsenz ist Legion und ihr wunderwirkendes Umfangen aller Lebensdinge ist des Seinsbeglückens meisterliche Strategie.

## 5.3

Folge du dem Ruf des Seinsgewissens, der dich unablässig und gebieterisch verfolgt, im Wandel deiner Lebenstage. Greif in die Saiten, die er harfengleich verlockend vor dich hinstellt, um dein schöpferisches Flair zu wecken und dich selbst zur Seinsbewusstheit zu erheben.

Ich verlange von dir nur so viel, wie du fähig bist zu leisten, aber dieses sollst du wirklich tun in deinem Orgueil wunderbares zu vollbringen. Dein Verhalten zeigt Mir, wie du denkst und dein Denken sollte sich zur höchsten Wohlgefälligkeit in Meinem Sinn und Geist entfalten. Sei unbesorgt, Ich überwache dein Verhalten, ohne je den Blick auf deines Treibens delikate Vielfalt zu verlieren. Mutest du dir Ungebührliches und Frefelhaftes zu, bewahre Ich dich mit Gewissensstössen vor dem Unheil, das du zu bewirken trachtetest.

Die Erkenntnis Meiner Güte macht dich froh und heiter im Gemüt und lässt dich unbeschwert und tapfer leben. Sie beschert dir Tage reinen Glücks und sammetweichen Wohlbehagens. Glaube nicht, dass das nicht möglich wäre, mach die Probe aufs Exempel, laufe einfach so dahin wie`s eben kommt und du wirst wunderbares und entzückendes erleben. Alle Herzenstüren sind dir offen und du gehst dankbar durch sie ein, um wieder Dankbarkeit und Liebenswürdigkeit zu ernten. Du sollst dich nie genieren an Unbekannte ein gefällig Wort zu richten, um ihnen kund zu tun, dass du sie magst und dass du ihre Gegenwart zu schätzen weisst in deinem Hinterstübchen.

Indessen wird Mir klar, wie sehr verflochten mit Mir das Lebendige sich präsentiert. Nur, dass es mitzieht in der allgemeinen irdischen Geschwisterschaft, die Ich mit weise wissender Voraussicht einst global begründet habe. Viele Wege kreuzen sich, doch im Grund genommen ist nur einer zu begehn, der der liebevollen Anteilnahme am Geschick der anderen, die sich doch mit allem, was da *ist,* durch Mich zutiefst verbunden fühlen. Das Verschüttete ist freizulegen und die Liebe zum Allhöchsten ist wie nie zuvor im menschlichen Bereich zu etablieren. Nur durch sie wird alles Leben schön und heiter und mit Meinem Schöpfungsplan aufs Innigste vermählt.

## 5.4

Auferstehung feiernd findest du den Weg aus vielen Nöten. Noch versengt sind deine Flügel, doch sie tragen dich behend und sicher Meinem Götterreich entgegen. Was dir immer frommt sind Seinsvertrauen, Nächstenliebe, krisensicheres Verhalten, Heiterkeit und

Harmonie in einer Welt der Unrast und der Unzu-
länglichkeiten. Ich bewahre dich vor Sünden und
profanen Widrigkeiten, wenn du nur an Meiner Seite wie
in Meiner Obhut fürbass schreiten willst durchs Land der
Träume wie der Wirklichkeiten, die Ich dir mit weiser
Zuversicht bereitet habe.

Schätze nie gering, was dir entgegenkommt auf deiner
Bahn durch Daseinsräume von enormem Umfang und
gottseligem Umfangen. Es geschieht, dass du dich ganz
verlierst in Mir und Meinen götterlichten Definitionen.
Dann Bist du vollends was Ich Bin und darfst dich an dir
selber freuen bis ins Blut in deiner Einfalt und
Entschiedenheit, dem Sein bewundernswerten Mehrwert
zuzufügen.

Konkret gesagt bist du von allem Anfang an in einen
Kontex von Erhabenheit und Götterwürde eingebunden,
dem du nie entgehen wirst und der dir unentwegt
entgegenkommt in seinem grandiosen Sich-Vergluten.
Neigst du dazu, Mir auszuweichen? Ich warte nicht
darauf, dass andere Mein Werk beäugen und bewerten,
weil es in sich selber ruht in gottgewollter Schöne.

Was sich hier zuträgt ist von keinem unerschüttert zu
ertragen, weil es das Weltbewusstssein trifft und es
hochgradig moduliert. Du bist mit ihm in alle Ewigkeit
aufs Innigste verflochten und gehörst ihm mehr als selbst
dir selber an. Das kosmische Bewusstsein ist in dich
geflossen und bewegt dort eine kleine Welt inmitten einer
universengrossen. Ich lasse dich begreifen, wer du Bist
und lass dich damit in die Sterne greifen, deren Schicksal,
in dem Meinen, deines ist. Es geziemt sich allgemein auf
Meinen Liebesruf zu achten und damit dem Himmel zu
gehören, jetzt und immer weiter oben bis zur feierlichsten
Götterharmonie.

## 5.5

In Meinem Dossier der Einheit aller Lebensdinge befindet sich auch deins, wo mit Gedankenschärfe, Mutterwitz, Manierlichkeit und seriösem Anflug alles aufgezeichnet ist, was deine Herkunft, dein Profil wie deinen Lebensstil bezeichnet, geistgeschichtlich, unverwechselbar und loyal. Kraft Meiner Kompetenz ist es Mir gelungen, dir die Basis deines Seins mit ausgezeichnetem Geschmack und einer Raffinesse ohnegleichen zuzuhalten, womit du ausgestattet bist, mit allem, wessen du bedarfst, um in deinem Dasein formidabel, redlich und konstant zu reüssieren. Gottgeschenke *sind* und können weder angefordert noch mit Abscheu abgelehnt und widerrufen werden. Was du Bist und was die Myriaden auf dem Damm hält ist von Mir der Nachweis Meines schöpferträchtigen Sinnierens und Agierens allweit mit und ohne Widerhall. Meine Kräfte breiten sich mit Vehemenz und Zuversicht in Windeseile aus, um neues Dasein und Geschick, delikate Unversehrtheit und gottselige Verbindlichkeit zu statuieren. Das ist der Grundbegriff der Lauterkeit und Generosität mit dem Ich dauernd operiere. Mach dir nichts vor, wenn du etwas von dir halten willst, Ich habe es längst ausgehalten und veredelt, rundgeschliffen und mit aller Sorgfalt Schritt um Schritt zu Mir emporgeführt, um es wieder in des allgemeinen Seins Entschiedenheit und Einheit zu entlassen.

Wohin du schaust, kann deinem Seelenblick das Göttliche und Hocherhabne nicht entgleiten, das dich in Geistesfülle und Gelassenheit, Bewusstheit und Entschiedenheit umgibt seit Ewigkeiten. Das zu erkennen ist dein Los und es mit Ehrfurcht und Herzinnigkeit zu respektieren deine Pflicht mit allem was damit zusammenhängt in der gebotnen Gründlichkeit und Urkraft deines Meditierens. Was du immer Bist, ist dir von Mir gegeben, doch was du sein wirst muss von dir und deinem Willen nach Vollendung kommen in des Geistes Allgewissheit, Abergründigkeit, Glückseligkeit und Seinsvertrautheit, Friedefertigkeit und Harmonie.

## 5.6

Solitäre sind die Menschen und sind doch eingefügt in das, was Ich Mir Bin, als Einheit in der Geistesgegenwart Gefüge. Was Ich erschaffen habe und noch schaffend unterhalte trägt den Stempel unerhörter Genialität, die sich von Verwandlung zu Verwandlung fortsetzt in erhabenen Entwicklungsstufen.

Ich bekenne Mich zu dem was *ist* in einem langgedehnten Sermon von Gefälligkeit und Geistespflege, der bewirkt, dass sich im Geschaffenen Bewusstsein bildet von sich selbst wie von den Schöpferkräften, die es in sich durch Äonen wundertätig weitertragen. Ihr Glanz liegt auf den Zügen aller Wesen, deren Aufstieg sie bewirken und begleiten und an deren Schicksal sie tiefinnigen Anteil nehmen.

## 5.7

Hier gibt es nur das Sich-Erlaben gekonnt und heiter auf der Götter seidenweicher Spur, sowie das Mal des Freiseins, das sie sorglos wie ein ewiges Magnifikat auf ihren Häuptern tragen. Sie sind Gezeichnete der lichterfüllten Sphären, in denen sich das Sinnen um das Sein vollzieht, sowie des Schaffens nie verebbendes Sich-selbst-Bewähren in der Fülle unerschöpflicher Bravour.

Sie haben inniglich begriffen, was sie in ihres Wesens Mitte *sind* und schaukeln sich in gegenseitigem Bewundern universenweit empor zu einem Einssein ohnegleichen.

Ihr Ruhm begründet sich aus dem was sie in feinem Zueinanderfügen tun, sowie aus der Gelassenheit, mit der sie ihre Taten liebevoll vollbringen. In Seligkeit und mit erheitertem Gemüt verweilen sie im Guten, das sie *sind* und dem sie es verdanken, dass sie immerzu Erhabenes und Götterlichtes, Glorioses und Verfeinertes kreieren können. In ihrem Ansatz ist stets auch das gloriose Ende inbegriffen, in ihrem Brausen auch die Stille unermesslicher Gewähr. Ihr Wille ist so seinsbeseelt, dass er sich niemals fällen lässt im Grunde seines Wohlgeratens. Es ist sei, dass ihres Vorwärtsschreitens Elegie sich in enormen Geisteshöhn vollzieht, zu denen nur die Allerwägsten Zutritt und Relieve gefunden haben. Sie sind dem Oberen verpflichtet, derweil sie schaffend sich dem Unteren in Ehrfurcht und Bewusstheit weihen. Den Ordnungen des Himmels sind sie in allen Ehren zugetan, sowie den irdisch und geballt gewordenen. Ihr Sein ist durch Äonenzeit zu einem Sinngedicht von sonderlicher Süsse und Bewusstheit, Sagenhaftigkeit und Harmonie geworden, vor dem sich ganze Geister-kolonien stumm verneigen, um ihnen ihr Bewundern, ihre Liebe und Gefolgschaft zu erweisen. Das ist der Weg, die Wahrheit und das Leben, die sie in sich tragen und liebevoll im All verbreiten in gottseliger Gewähr.

## 5.8

Was Ich dir schulde ist an einer flachen Hand zu zählen, du hingegen stehst mit allem was du Bist bei Meinem Konto tiefrot in der Kreide schon von allem Anfang an. Magst du noch so lange recherchieren, niemals wird es dir gelingen deinen ersten Regungen als Mensch und Hüter der Geheimnisse, die zwischen dir und Mir bestehen, auf die Spur zu kommen. Das Bewusstsein von dir selbst ist vor Urzeiten von dem Meinen abgezweigt und dir in nie verebbender Potenz und Grazie des Himmels von Mir eingepflanzt und wachgehalten worden. Unweigerlich ist es damit gegeben, dass in deinem Denken Meines mitspielt und dir dabei hilft, Veränderungen bis zu höchsten Höhn und schauerlichten Tiefen zu bewirken.

Ich in dir und du in Mir ist somit die begeisternde Parole, deren Gültigkeit Äonen überdauert hat und auch in aller Zukunft seine Bleibe findet im Allhier.

Denk an deinen Tod, der keiner ist, von Meiner Seite her gesehn, weil Geisteskräfte und Gewalten, ausgedachte Wesen und Lebendigkeiten niemals untergehen können. Sie *sind* und tragen ihrem Kreateur Glückseligkeiten oder Unheil zu. Du Bist, was du dir selber angetan und zugescheffelt hast im Laufe vieler Inkarnationen und bist dazu geschaffen dir und deinem Umfeld heitere Gelassenheit, Holdseligkeit und Wohlfahrt zu bereiten. Das Redliche wird überleben, weil das Gegenteil davon nur Abscheu und Vernichtung, Bosheit und Verwüstung produzieren kann.

Du Bist wie alle dazu eingeladen in Meinen gott-geweihten Gärten aufzublühn und Heiligkeit und Freude, Wohlverstand und Sitte auszuleben. Du Bist in Meinem Paradies der Hoffnung auf Geselligkeit und Harmonie willkommen und darfst dich im Bewusstsein der Verbindung mit der Gottheit sonnen. Dass du Bist, hast du ganz entschieden Mir und Meiner Hierarchie von Wesenskräften zu verdanken; dafür, dass du frei und selig, Meiner würdig und solvent wirst, musst du selber sorgen.

## 5.9

Kühn und koscher ragen Meine Worte in den Himmel der Gerechten Gottes und verkünden dort der Welten Zuversicht und Wohl. Es kann nicht anders sein, als dass sie zugleich Unruh stiften und Besänftigung der Menschenherzen, die sie hören wollen traut und wunderschön. Das begründet dann ihr Heil und ihre Harmonie mit allem, was da *eines* Wesens ist mit Mir, dem gloriosen Schöpfer aus der Gnade und Vernunft, die Mir gegeben sind seit Urbeginnen. Nun kannst du nimmer von Mir weichen, weil Mein zugleich sanft gestrichenes und überwältigendes Wort dich an Mich bindet mit der Inbrunst der Gottseligkeit, die sich so auslebt und ganz Wille ist in ihren himmelweiten Destinationen.

Ich denke, das wird dir genügen, um für Mich Partei und Bonus zu ergreifen, welche Segenswirkung zeitigen landauf landab in herzlicher und mustergültiger Manier. Soweit Ich stosse kommt die Lebensqualität dem Gottesideal gemäss heraus, dem Ich seit eh und je die Treue halte. Ich mach es Mir nicht leicht, in diesem Sinne zu regieren und du sollst es desgleichen halten in den Formen und Formationen, die von dir ausgehn und ein gutes Stück der Welt erobern, die du begeistert vor dir siehst.

Wesentlich ist, dass du immer auf Mich hörst, sogar wenn deine Sinne züchtig schlafen. Ich rede nämlich leis von Herz zu Herz und lasse alles, was Ich will, in wunderbarer Einfalt von Mir fahren. Zuletzt wird es nur noch die Einheit geben zwischen dir und Mir, die absolute Einigkeit im Denken wie im Tun. Es ist als ob Ich dich vertreten würde und du Mich in jedem Fall wie in der Fülle, die da zu vertreten ist im Tagewerk, das uns beschieden. Du läufst hinan und läufst den offnen Armen Meinerseits entgegen, die dir reine Lust am Sein und Leben, Sinnspiel und Magnifikat bereiten, ohne Zeit und ohne Ziel.

## 5.10

Deine Seinsverfassung soll Mir alles, was du Bist, über dich erzählen. Vom Niedlichen über das Groteske bis zum allerfüllend Überragenden soll ein Bild vor Mir erstehn, das Mich wesentlich beeindruckt in der Fülle und fantastischen Geschlossenheit, die es verstrahlt. Du Bist an nichts gebunden als an Mich, der Ich dich Bin, in allen Meinen meisterlichen Zügen. Damit Bist du frei, dich zu entscheiden so und so in allen weltlichen wie himmlischen Belangen, die dich wie Mich betreffen ingeniös und pausenlos.

Jede deiner Konferenzen, die das Sein betreffen, wird von Mir aufs Peinlichste und Wunderbarste registriert und aufbewahrt für alle Zeiten. Das bringt Mich in die Lage, jederzeit ein Urteil über deinen Seinszustand zu fällen, welches Mir erlaubt dein Schicksal immer weiter in die exquisite gloriose Geistigkeit zu treiben.

Stelle deinen. Mann, wie deine Frau, will Ich dir ganz intim und redlich ins Gewissen schreiben. Du Bist Mir viel zu kostbar, als dass Ich dich im All verflattern sehen wollte, mit allem Drum und dran, das du dir zugeeignet hast im Wettlauf der Äonen. Bist du schon von Mir ein Wesen reiner Seinssubstanz, so kann es niemals anders sein, als dass Ich dich wie Meinen Augenstern bewahre und behüte vor verhängnisvollen und betrüblichen Gefahren. Ich mache dir allmählich inniglich bewusst, was du dir Bist und mit bewusster Klarheit sein sollst allezeit in Mir und Meiner seinsbedingten Majestät und Schöne. Das Lautere und Fabelhafte, Königliche und Erhabene ist in deinem Wesen von Mir programmiert und vorgezeichnet und wird sich Zug um Zug und Inkarnation um Inkarnation in seinem Sein aufs Allertüchtigste bewähren.

## 5.11

Du treibst es bunt vor Meinem Missbehagen und durchlöcherst Meinen trefflichen Befehl, kulant zu sein in Sachen Hilfe für die Unbeholfenen und Ausgeflippten im menschlichen Gesellschaftsleben. Auf der Flucht vor Terror und Gewalt kann einer kaum an Meine Güte glauben. Da Bist du akkurat in Meine Welt gesandt, um den Verfemten Linderung und Hoffnung zuzuhalten. Verständnis, Liebenswürdigkeit und Loyalität sind dir von Mir verliehen, damit du sie an jene weiterträgst, die ihrer unbedingt bedürfen. Wie aus dem Grab gehoben werden sie sich fühlen und dem weiten Strom der Menschlichkeit und Herzenswohlfahrt wieder eingefügt, zu dem sie doch so sehr gehören.

Wie nötig ist es doch, die Welt als Ganzes zu begreifen in ihrem Auf und Ab und Kommen und Vergehn. Dabei geht es um die Logik vieler Inkarnationen, die nach Meinem Hochgebot den Ausgleich schaffen zwischen dem Zuviel und dem Zuwenig, zwischen Schuld und Sühne wie dem Himmlischen und Irdischen im Langlauf der Äonen. An Mir liegt es Gericht zu halten über menschliches Versagen, nicht zum Strafen, sondern um sie sachte und bewusst in Meine lichten Regionen zu erheben. Dort sind Freude, Frieden, Harmonie und Herzensgüte Legion und alle Wünsche sind zu jenem einen hin gesponnen: der Sehnsucht nach dem reinen Sein in Seligkeit, Geborgenheit und Heiterkeit des Herzens und Gemüts.

Eigentlich musst du nichts wollen, was dir schon gehört. Du musst es nur erkennen in der Klärung deines Selbstbewusstseins wie der Wachheit hier und dort im Körper- wie im Geistesleben. Alle sind zu dem berufen was Ich Bin im unerschöpflichen wie im unendlichen Getriebe. Das wahre Leben ist für jeden offen in den Weiten Meiner himmlischen Genügsamkeit am Sein und Mich-in-ihm-aufs-Köstlichste-Erleben. Alle guten Räte fliessen dort zusammen, von wo sie ausgegangen sind, von Mir und Meinen Kräften, wie von der Eben-mässigkeit Elysiens im unergründlichen Allhier.

## 5.12

Das Hochgeborne Heitere im Weltraum will Ich hier betonen. Es ist die unsichtbare geistige Präsenz unendlich vieler Entitäten, die den Raum belebt und attraktiv macht für den wunderbaren Austausch den sie pflegen.

Du mit deiner Welt bist mittendrin in dem holdseligen Geflüster und Getriebe, dem grenzenlosen Machwerk schöpferischen Flutens. Ich kenne und erkenne dich und du weisst etwas mit Mir anzufangen, das da heisst: Mir ist das Leben eine wunderliche Kür von Aufgeschlossenheit und stillem Mich-an-ihm-Erlaben. Da bediene Ich Mich ungeniert an seinen Schätzen und verteile sie an jene, die berechtigt Anspruch und Besitz an sie erheben. Auch für dich ist nun die Zeit gekommen, wo die grandiosen Wasser des Erfolgs und des Genügens dich umfliessen. Du stellst dein ganzes Hoffen auf Mich ein und lässest im Bedenken keinen Aufschub in dich fahren. Das verleiht dir Sorgenlosigkeit und guten Mut on masse für deiner Tage Werk und Wille, Wirkung und Kanal. Durch ihn strömt Fülle zu dir und dann wieder in die Welt, um diese zu bereichern und mit Lebenslust und Grazie des Himmels zu versehn. Du Bist von Mir bezeichnet mit dem Siegel der bewussten Eigenständigkeit in Meinem Reiche und erlabst dich an ihr Tag für Freudentag. Die Spielerrollen sind verteilt, du hast in deiner etwas wie das grosse Los gezogen und genau für jetzt und immerdar. Die Glücksbewegung macht sich breit in deinen Gauen und verlässt dich nimmermehr, derweil du dich auf sie verlässest jederzeit in Meinem benedeiten Namen. Die Gottesgabe des vernünftigen Handelns ist dir von Mir überreicht und ausgehändigt worden. Das macht dich reich und richtig, ruhig, resolut und bärenstark im Sinn der Evolution der Lebenswelt, an der du ohne jeden Zweifel teilnimmst in verheissungsvollen Zügen. Deine Segel sind gesetzt und die Fahrt ist frei in unermessne Fernen, wo der Schrei der Kraniche den Morgen ziert und die Sonne deine Abende in fabulierendes Entzücken kleidet.

## 5.13

Spürst du den Reigen, den du lebst, die zwitschernde Ghirlande zwischen hier und dortigem, den Pfad auf hartem Grund wie den in geisteswirklicher Allüre, delikaterweis erhaben. Du Bist in ewig sich vollziehendem Verwandeln eine Meiner Seinstrophäen, deren Ordnungen den Meinen angepasst und angemessen sind im grandiosen Stil, den Ich seit eh und je zur Geltung bringe.

Das Wachsein hat den Sinn dich mehr und mehr in die verehrenswerten Geistgefilde einzuführen, deren adäquater Leiter und Beförderer Ich Bin seit Ich Mich kenne in des Seins unendlichem Gefüge. Ich will dich tätig unterweisen über deine Lage als Besitzer von erlesnen Qualitäten, wie als gottseliger Begleiter Meiner Kür im unermesslichen System. So lang so breit es ist, du wirst es füllen mit der Sagenhaftigkeit von deines Wesens Pracht und Position, Virtuosität und wirkungsvollen Seinspassagen.

Ich recke Mich und strecke Mich nach dir, derweil Ich dich als Herold Meiner weltenschaffenden Gewitter vor Mir her und in die Höhe treibe, um ganzen Generationen vorzuführen, wie sie sein und singen sollen nach dem Massstab Meiner Güte, Redlichkeit und Himmels-harmonie. Du bist wie geschaffen, um Mein Geisteslicht in eine desolate Welt zu tragen, die ihr geistig Ziel noch nicht erkannt hat und deshalb in dem Pool der Unwahrhaftigkeit, Geldsüchtigkeit und Eigensinnigkeit umherirrt, ohne sich in Mir zurechtzufinden. Ich schicke ihnen was sie brauchen können für das Ewige, dem sie verpflichtet sind Tribut zu leisten, Verehrung und loyales Miteinandergehn. In diesem Sinn ist es dir nicht erlaubt zu kneifen, weil es um den Wohllaut geht, den Ich im Weltenherz verbreiten will im wunderbar beseligenden Schlagen. Meine Seinsimpulse wollen dich begeistern für noch viel viel mehr an Seinsbewusstheit, Offenheit und Fantasie im Schaffen von Berührungen mit Mir auf allen Ebenen des Seinsgewinnens und -Vermehrens in der Lebensschule, deren Zweig du Bist und Ich ihr Meister durch das Weltenschicksal der Äonen.

## 5.14

Meine Wahchheit ist im Sternenraum begründet, den Ich mit Geisteskraft bewohne. Die Myriaden Weltendinge sind der Ausdruck Meiner genialen Schöpfervisionen, die in glorioser Fülle und Vertrautheit, Ausgewogenheit und Rarität an Meinem sinnenden Gemüt vorüberziehn. Ich verwalte was die tonangebenden Verwalter alles Irdischen noch lange nicht begriffen haben: den Geistgehalt der Erde, der sich mit namenloser Sicherheit durch alle Lebensdisziplinen zieht, um sie zu fördern und bis zur Unermesslichkeit des reinen Seins hinauf zu stilisieren.

Dort treffe Ich Mich selber an; Beseligung erfüllt Mein Mich-im-Universensein-Empfinden. Das Mit-Mir-selber-Einssein dominiert und äussert sich in einem sagenhaften Geisteslicht-Verstrahlen. In der Sprache der Verklärten heisst ihr schaffendes Verweilen: Ewigkeits-geflüster, mit dem sie ihren köstlichen Kreationen Eleganz und Auftrieb, Pfiff und Mustergültigkeit verleihen. Was Ich will wird, wenn auf noch so viel verschlungnen Wegen, Wohllaut und Gediegenheit kreieren Was die Wachheit Mir gebietet ist die Achtung vor dem Wesenhaften, das Ich Mir erschuf und dem die Daseinsfreude in der Jugendblüte, als ein strahlend Lächeln, das verklärte Antlitz ziseliert.

Aus tausend Hintergründen treten liebliche Geschöpfe scheu und keck hervor, um sich der Lebenswelt zu präsentieren. Sie sind der Wirklichkeit Gefieder, das, noch unbewusst, ihr Dasein ziert, derweil sie ungeniert und selbstverständlich zum erklärten Mittelpunkt der Weltenszene avancieren. Ich aber bette alles in Mich ein als in das oberste Prinzip, das *ist*, und das nicht werden muss im ewig schaffenden Getriebe. Mein Aberwille ist Gewähr für alles, was geschieht, in Universenweiten. Meine Botschaft lautet: geh hinaus und sieh und komm dann wieder unter Meinen Segeln hergefahren in das Einigsein mit Mir. Welten krachen da im Augenblick zusammen, doch die Meine hat Bestand in alle Ewigkeit als leichtes, lichtes Seinsquartier für alle, die es brennend suchen. Über ihnen ist Mein Heil und, was sie inniglich bewegt, sind Meine zauberhaften Seinsfontänen.

## 5.15

Immer geht es um die Fülle Meines täglichen Mich-selbst-Begreifens. In diesem Arrangement sind Meine Lebenstage eben nicht gezählt, sie laufen fort und fort in alle Ewigkeit im Zeitenlosen.

Da gibt es nichts zu schwärmen von zuviel ist Mir zuviel, es gilt, das Ewigkeitgewissen vollbewusst zu pflegen, furchtlos, ingeniös und absolut im Geistessinne.

Mein Sein betrachtend kehrt die absolute Ruhe ein in Meines Gottesherzens Glorie und Weltenspiel. Feierlich und froh betrachte Ich das, was Ich Bin und sehe Mich in ihm unendlich stark, gefühlvoll, majestätisch, eins mit allem, seinsgewiss und ohne jedes Halten.

Ich erkläre Mich Mir selbst, weil niemand anders dazu fähig ist, dem was Ich Bin den rechten Sinn und die Gerechtigkeit des Universums zuzuweisen. Nichts kann Mir abgehn, wenn Ich Mich auch noch so sehr ans All verschwende, dessen Zeuge Ich Mir Bin als Schöpfergeist in seinsgerechter Prozedur.

Wie in ein niedlich Nestchen Bin Ich in jedes Menschen Eigentümlichkeit und Glanz hineingeboren. Das befähigt Mich dazu Mein Sein im Irdischen gebührend auszuleben und Mich als Mich selbst in corpore und Wohlgefälligkeit, Verbindlichkeit mit allem was da *ist* und mit glückseligem Gewissen zu erfahren.

Meine Segel sind auf Weltenfahrt getrimmt und Mein Bewusstsein misst sich an den Weiten, die Ich zeitlos und gewandt, folgerichtig und bewusstseinsträchtig zu durchmessen habe. So geschieht es, dass Ich das, was Ich Mir Bin, aufs Trefflichste beherrsche und es liebevoll umfange auf des Universenlichtes grandioser Sternenspur. Im All ist Meine Heimat, in der Sternenwelt Mein Klanghaus und Refugium und Meines Seinsgewissens Grazie, Lobpreisung, Glorie und götterlichte Signatur.

## 5.16

Den Geistesfürsten gleich sollst du dich durch den Sternenraum bewegen und deine Sinnkraft darauf konzentrieren Mich zu sein in aller Form und Fertigkeit, die Ich dir mit auf deinen Weg gegeben. Es ist die Treue zu dir selbst, die sich in Meiner etabliert, um die wahrhaftig grandiosen Lebensdinge zu vollbringen, wie sie dir im Innersten gebühren.

Derweil die lebensnahen Tage dir ereignisvoll und ausgefüllt erscheinen mögen, lasse Ich Jahrtausende in Seinsgelassenheit und richtungweisender Bravour an Mir vorübergleiten, ohne je ein Gran von Meiner Stosskraft und Verwegenheit, Schöpferfantasie und Werkgemeinschaft zu verlieren. Das hierarchische verleiht Mir Flügel im Bewusstsein Meiner ordnenden Geschicklichkeit im Labyrinth der Universenweitem. Was immer Ich Mir Bin siehst du in wunderbarer Fertigkeit und Virtuosität in dir und deinem Lebensreich erscheinen. Ich schlage Meine Geistesbastionen in dir auf und verleihe dir damit das Wesen der Unendlichkeit, das dich so sehr hervorhebt, adelt und als gottgewollt markiert, dass du dich vollends aufgehoben fühlen kannst in Mir und Meinen sternbestickten Räumen.

*Ich* generiere was du zu erschaffen meinst. *Ich* setze Seinspartikel ins Gewölbe der Allherrlichkeit, das Ich zu hoch bedeutenden Dimensionen regelrecht ins Nirgendwo entführe. Dein Sinn ist vollends in den Meinen eingewoben und versinnt sich mit dem Meinen wundertätig durch die Myriaden Daseinsgenerationen. Was Ich will ist in des Weltenwillens Ursinn und Titanenkraft begründet, was Ich leiste leistet sich kein Zweiter in der Einheit aller Weltendinge im Allhier.

Trachte du danach Mein Wirken in dir gründlich einzusehn und dich im Vertrauen zu Mir durch das Weltall zu bewegen. Unendliches ist dir geworden und dem Himmlischen bist du vereint im ewigen Gesunden wie im gloriosesten Verbundensein mit Mir und Meiner Welt im minikrimsten wie im allerweitesten, bewundernswerten Sternenareal.

## 5.17

Ich weide dich auf grüner Aue, lass den Sonnenschein in deine seinsgelösten Glieder fahren. Vor Meinem Ruhsitz darfst du dich entspannt darniederlegen, dich versammeln, um den grünen, heitern Friedenspol. Geschenke jeder Art und Weise lass Ich wohlbedacht an deinem Wegrand liegen, dass du sie erfassest und an ihnen deine Herzensfreude findest hin und her. Unaufhaltsam naht für dich die Stunde der Erlösung von dem selber zugefügten Weh. Dann trittst du hell bewusst, das Erbe an von deinen Vätern, die du über viele Inkarnation selber warst. Sie tränkten dein Bewusstsein mit dem, was du sein und sinnen wolltest, derweil auch Ich dein lauschendes Gemüt mit Weisheit und Gewissenhaftigkeit durchströmte. So gewann dein Seelensein die Form, sowie den seinsgerechten Inhalt, der ihm frommt von Mir und deinen wortgewandten Dispositionen.

Deine Saiten habe Ich gespannt, dass du sie schicklich anschlägst, um den guten Ton daraus hervorzubringen. Und du liessest dir`s gefallen, viele Male arg daneben zu geraten, dass der Misston dich erschreckte und zur Korrektur und Zielbewusstheit rief. Nun hast du deiner Harmonie Beweggrund, Fülle und Erbarmen siegreich und galant in dir gefunden und darfst im Bewusstsein der Erhabenheit und Gotteswürde selig ruhn.

Alle deine Taten sind von Mir gezählt und für gut befunden worden. Deine Absicht ist auf Mich gestellt und der Raum, den deines Geistes Strahlen einnimmt, ist von Mir bereitet und aufs Trefflichste gepflegt. Du befindest dich, bar jeden Zweifels, in der Hochburg Meiner Seinsgewissen Präsentationen und erlabst dich an der Schauung Meiner universenweiten Seinsgewandt-heit, Fülle des Gestaltens wie des liebevoll bewegenden Erhalten deines Seins im Unermesslichen. In ihm bist du Mein Eigenseins Gepräge, wie die Lust, dich in ihm friedevoll und vollends auszuspielen.

## 5.18

Was für ein Stand ist Meinem vorzuziehen in der Universenweiten Seinsstaffage, die Mir eigen? Keiner kannst du dir an einem Finger kolportieren. Der Schauplatz Meiner überwältigenden Dispositionen ist das All in seiner ewigen Jugendfrische und Verwandlungsfähigkeit von Stern zu Stern, von Burg zu

Burg hoch geisteskräftigen Entfaltens. Ich ziehe Meine eigne Minne jeder andern vor, weil sie Bestand hat und Befriedung, Zuversicht und ewige Heiterkeit im seinsharmonischen Geflüster, mit dem Ich Mich allüberall aufs Liebevollste unterhalte.

Da gibt es statt dem Wähnen nur den tatenkräftigen Vollzug aus einer klargesichtigen Allüre, die die Lebensdinge sieht, so wie sie *sind* und beileibe nicht so wie sie scheinen. Reell ist alles, was Ich Meinerseits zu unternehmen trachte, unübertroffen der Gehalt, den Meine Unternehmungen allwie ein sagenhaftes Feuerwerk versprühn. Ich lege Wert auf das Erwähnen Meiner Fähigkeit, dem Daseinskultus bis zuinnerst auf den Grund zu gehn, um seiner Schönheit, Aberwilligkeit und Grazie des Himmels willen. Ich rechte nicht um Glück und Hoffnung, weil Ich diese schon seit jeher bestens intus habe. Alle Meine Geisteswege führen ungesäumt zum Ziel, das Ich Mir vorgesetzt und ausbedungen habe. Gewissheit ist die gängigste Parole, die Meinen Wortschatz ziert und ihm den Schneid verleiht, der Mich auf Höhen der Vollendung führt von unerreichter Glorie, Glaubwürdigkeit und Wohlfahrt, universenweit geschehn.

Mein Konzept hat soviel Charm, das alle gutgesinnten Geister mit Wonne zu verwirklichen trachten, derweil Mein Mitgefühl ihr waltendes Geschick wie ihren Werdegang diskret begleitet, um ihnen allgemach den letzten Schliff und Finish zu verleihen.

Das alles ist von Mir und Meinem Anhang auch in deiner Hemisphäre zu erwarten, weil es genausogut die Meine ist, wie die die du vermeinst, getreulich zu verwalten. Merk dir das und sei in Meiner Perspektive, Meinem Plansoll und glückseligen Gewinnen bestens aufgehoben.

## 5.19

Wohin Ich immer schaue, schau Ich doch zu Mir in die salute Unergründlichkeit von Meinem Wesen. Ich erschaffe Mir ein Gegenüber, um Mich selber wahrzunehmen und vertiefe Mich in seine Gründe, die die Meinen sind, in der Vielfalt Meiner Iterationen.

Ich habe Mir ein Kleid gewoben in der Allgewalt der Weltnatur und Bin dir ungemein gewogen im Bewusstsein Meiner Sternenspur. Das Festgehaltne lass Ich wieder in sich selbst zerfliessen, dem Geretteten verleihe Ich den wohlverdienten Ritterschlag. Was immer Ich im Kosmos unternehme, entfaltet sich in Meinem Hochgebot zu einem Freudentag. Ich mitte ein, was sich bis an den Rand verschoben und würdige die wach gewordnen Geister, die sich daran berauschen, in sich selber zu bestehn. Woran Ich recherchiere wird Mir alles bis ins Minikrimste offenbar und was Ich auch nur leicht touchiere, wird unter Meinen Händen hell und klar.

Allein gelobt ist, was *Ich* lobe und was Ich dann verwerfe ist für alle Zeit verworfen, offenbar. Auf die Suche willst du gehn? Finde *dich* zuerst, dann hast du alles, wessen du bedarfst, im Nu errungen. Deine eingefallnen Wangen röten und beglaubigen sich wieder, deinen schlaffen Gliedern ström Ich neues Leben zu. Du gewinnst Vertrauen in die Schritte, denen Ich den Weg bereite und verbindest ihren Ausgang mit dem Meinen im Allhier. Was alles hast du dir erkoren, bevor du Mich erkürtest im unendlichen Betrieb und wie viel hast du einst verloren, bis dir nur noch Ich, der eine, blieb. Was alles traust du dir nun zu, seitdem du Meine Führung spürst und Meinen Fäden folgst, die Ich dir zum Geleit wie zur Ermahnung spannte. Das Wunderbare ist mit dir geschehn und du erfährst das Leben wie es von der Quelle strömt und die beglückt, die voll Begeisterung von ihr getrunken haben.

# 6

# Die Vielgeliebten Meines Seins

## 6.1

Innen, aussen Bin Ich das Gewebe des unendlichen Erbarmens an der Weltenwirklichkeit die Ich begründet habe. Nicht vergebens sollen Meine Herzenstränen in das aufgewühlte Ätherreich geflossen sein, um darin das Arme-Seelen-Sein von seinem Missmut zu erlöschen.

Tonnenschwer hängt Mir das Weltenschicksal an, auf das Ich Mich mit allen Fibern Meines Seinsgewissens eingeschworen habe. Ich trage, was die Leidenden ertragen und tupfe ihre Wunden mit dem Haar der Berenice ab, um ihre Glut zu dämpfen muttersorglich und global. Auf Mein Wort bewehren sich die guten Geister mit dem Kraftschild, den Ich ihrem Sein fürsorglich und gewandt verliehen habe. Sie kämpfen in den Rängen Meiner gottgesegneten Armeen, um die Willkür und den Machtwahn tatenkräftig zu besiegen.

Aufgebracht und wohlerwogen stürze Ich Mich ins Getümmel der Verwegenen, die Meiner Allmacht Wesen und Wahrhaftigkeit empfindlich stören. Ich reisse das Feindselige aus ihren brodelnden Gemütern und bewahre sie vor der Verdammnis, die Ich für die Unverbesserlichen konsequent und machtvoll eingerichtet habe.

Kommt her zu Mir ihr Dürftigen und labt euch an dem Brunnen der Gerechtigkeit am Sein und Leben, den Ich güteströmend vor euch aufgebaut und an Mich angeschlossen habe. Vifen Geistes trete Ich vor die Versammlung der Myriaden und verkünde, was sie hören müssen, um ihr Tun zur Freude und bewundernswerten Friedefertigkeit und Daseinswürde hinzuführen. Die Völker sollen nicht vergebens und beharrlich manche Lebenswüste mutig und vertrauensvoll durchwandert haben. Ihnen gilt Mein Trost und Meine Anerkennung der verehrenswürdigen Gefühle, die sie für Mich hegen.

Sie treten wortlos tief bewegt in Meines Reiches Weiten ein, um sich im Licht der Wahrheit von den sinngeladnen Kämpfen zu erholen. Mein Heilsruf schallt Begeist`rung in ihr lauschendes Gehör und Meine hellen Geisteszüge lassen ihre Herzen friedetrunken neue Hoffnung schlagen.

## 6.2

Dem Geistraum angehörend, den Ich liebevoll verwalte und gestalte, trete Ich bewusst aus ihm hervor, um im Konkreten das zu sein, was Ich schon immer im Dahinter war. Daraus ergibt sich ein Ensemble sinnlicher wie überirdischer Natur, dem sich die Menschengeister treulich einzufügen haben.

Der Urgeist, der Ich Bin, lenkt alles, was da *ist*, in die gerechten und ereignisvollen Bahnen, denen alle Wesen aller Weiten ohne jedes Pardon zuversichtlich oder widerspenstig angehören. Ich bette Sie in Mein Erbarmens und Erwarmens Seinsgefüge, damit sie an sich selber wachsen in der Rätselhaftigkeit wie Unverfrorenheit von ihren ungezählten Inkarnationen. Was Ich will ist, dass sich alles Seiende in seinem Sein erkennt und anerkennt, so wie Ich Mich erkenne als das Einzige, sowie das Unzählbare, das da seine Kreise zieht im alles überragenden Allhier.

Was Ich Bin ist bestens ausgewogen zwischen dem Zuviel und dem Zuwenig, zwischen Narretei und Weisheit, Totentanz und Auferstehn, sowie dem Vorder- wie dem Hintergründigen in dem Ich Mich bewusst und absichtsvoll verberge. Die Berichte über Mein Michselbst-Erhalten sind im Äonenlauf ins Legendäre und Geheimnisvolle aufgelaufen und dennoch sind sie alle da, wahrhaftig und gediegen und zeugen von der Unerbittlichkeit der seinsbedingten Aktionen, die dem All verschwenderisch und zielbewusst zugrunde liegen.

Was nicht ohne weiteres geschehen kann, geschieht in grandios gezognen Wirbeln und Gespinsten, Affinitäten und Zerstreuungen, Lichtergüssen und Verfinsterungen in der Allgegenwart von Meiner Gunst und Güte, die sich ohne jede Hemmnis universenweit verstrahlen. Geliebte Meiner Geistesgegenwart sind alle, deren Sein sich von dem Meinen arrangiert und abgeleitet hat, und dennoch ist das Meine unteilbar, gewaltig potenziert und wesensgleich geblieben. Du schweigst vor Meinem allerhobenen Schweigen und ergibst dich ihm in seligmachender Manier.

## 6.3

Das Gefälle zwischen dir und Mir bewirkt die Seinsgefälligkeit mit der Ich dich zu Mir erhebe. Es ist der Wohlklang, den Ich in Mir fühle, der dich so verzaubert, dass du dich ihm weihst wie seinen ungezählten Variationen. Von Meiner wohlbehüteten Klausur strömt Lebensweisheit reichlich und gelind zu dir und vermittelt dir die Fähigkeit nach den Prinzipien des reinen Seins zu leben und im Handeln vor dir selber zu bestehn.

Dir ist die Freiheit des Entscheidens mitgegeben so und so, doch soll dies immer auf den Höhen Meiner götterlichten Qualität geschehn, damit aus ihr die Schönheit an sich spriesst. Das Erzählerische soll aus deinen Liebestaten fliessen wie die Märchen, die ein Rosenmund der Welt erzählt. Es sei, dass alle das in vollem Mass geniessen, was du ihnen vorträgst, seis in Worten oder Taten wie im Spiel.

Ich befruchte, was du Bist und lass dich munter über Stege, Klippen, Fährnisse und kuriose Steigerungen fahren. Das ist Meine Art, die Vielgeliebten Meines Seins zu pflegen und ihnen die Gelegenheit, den Drive sowie die Kräfte zu verleihen, die sie zu Meiner Glorie und

Seinsbewusstheit führen. Das Ebenmass der Zeit berührt auch sie so wie das Flügelschlagen eines Aars, der ihrem Blick im Weitenzug des Horizonts entschwindet. Für dich und alle sind die Prinzipien der Seinsgewissheit klar, die euch beseelen und begeistern sollen. Ich liebe, was sich regt und setze Meine Punkte auf die Ideale, die sich in abertausend geisterfüllten und beschaulichen Gemütern frei heraus gebildet haben. Ihnen darfst auch du Vertrauen schenken, weil sie der pure Abglanz Meiner überragenden Ideen sind, die das Sternenall in seiner Pracht und geistigen Substanz wie aus dem Nichts und dennoch aus der Fülle Meines Seins gebildet haben.

## 6.4

Wohin soll Ich Mich wenden, wenn nicht zu Mir selber in der ersten wie der letzten Konsequenz von Meinem Handeln und In-Mir-Bestehn? Ich verfügte über Meines Seins Begrifflichkeit, noch ohne dass darin Begriffe ausgebildet waren. Ich *war* und wollte es dabei bewenden lassen, als das reine Sein zu existieren, zeitlos, raumlos, in Mir selber ungeschieden.

Die in Mir erwachenden Gedanken jedoch konnte Ich nicht als das reine Sein empfinden und hatte sie als Nichtsein wie als Maja zu bezeichnen. Ich dachte trotzdem und begann die Maja mit Erfindungen zu füllen die Mich in ein Vielerlei verstrickten, das Mir eben lieb und teuer war. Eine ganze Welt erstand in Meines Nichtseins strahlendem Mich-selbst-Begreifen, das sich in enorme Weiten dehnte und von Mir als Raum und Zeit empfunden ward.

Da Ich nun Sein *und* Nichtsein war, begann das Nichtsein sich als von Mir losgelöst und selbsterhaltend zu empfinden. Das war der Abfall von Mir selbst, den Ich in Meiner Maja nicht als Ungemach empfinden konnte. Doch fühlte Ich Mich in der Vielgestaltigkeit nicht aufgehoben und begann, Mich nach dem einen, reinen Sein zu sehnen. Im Erreichen dieses Zustands war Mein Universenschicksal abgeschlossen und derselbe Zyklus konnte neu beginnen, wie es durch Unendlichkeiten immer war.

## 6.5

Habe Ich Mich selber überrascht mit Meinem Tuten und Posaunen in die Wesenswelt hinein, die Ich Mir im Myriadenlauf geschaffen? Wie Blitze zucken Meine Worte durch den Raum und setzen die Gedankenbilder an die Stelle, die Ich für sie auserkoren habe. Dort entlasse Ich sie in des Freiseins Himmel und Prosperität als in ein Milieu der Maja und des unwirklichen Gehabens. Die Sicherheit, mit der die aus dem reinen Sein gestürzten Wesen sich als wirklich titulieren, ist enorm und lächerlich zugleich, derweil Ich ihren Eigensinn durchschaue und über ihrem Tun, nach strengen Regeln der Moral, Mein Urteil fälle. Sie wähnen sich darin, derweil sie draussen sind und können es nicht lassen, ihren Eigennutz bis auf die Spitze hochzutreiben. Sowie die Kraft versiegt, mit der sie sich schlaufüchsig hochgetrieben, fallen sie zurück in ihre, von Mir zugeteilten, Regionen und müssen unter ethisch anberaumten Seinsbedingungen ihr Leben neu beginnen, in und unter Mir.

Nicht ungestraft im Geistessinne kann die schlimme Tat verübt und massenhaft verbreitet werden. Solches kommt bei Mir nicht an und zeitigt Korrektur in seinsglobalem Stil, den Ich mit unverbrüchlicher Gewähr in Meinen Händen halte. *Ich* Bin und die sind nicht, die sich für wirklich und kostspielig halten. Unter Meiner seinsreellen göttlichen Ägide sammle Ich sie alle ein und versammle sie vor Meinem Angesicht, um sie im Sinne wahren Fortschritts zu belehren. Ich führe sie zur Einsicht in ihr Tun und bedenke sie mit der Gewissheit, dass sie unter Meiner Herrschaft und Gewissenhaftigkeit am Vorzüglichsten florieren und gedeihen können. Sie sind Mein Ein und Alles, ohne es zu wissen und beginnen allgemach sich zu erinnern an das, was sie wirklich sind, in ihrer, wie in Meiner Universenweltlichkeit im grandios gefächerten wie unikaten und in sich geeinten glückerfüllten Götterstil.

## 6.6

Kannst du die Einheit aller Dinge spüren in der Geisteskraft, die von Mir ausgeht und durch die Adern aller Wesen strömt, die wie die Trauben an dem Weinstock an Mir hangen. Das ist die Rettung einer Welt, die nichts mehr von Mir wissen will, weil sie sich in sich selber autonom und handlungsfähig hält in ihrem ausgesprochnen Wähnen. Die Forscher forschen nach dem Ding an sich, das alles antreibt und verwirklicht, weise macht und seinsbrillant und können es nicht finden. Sie glauben zwar, es in den kleinsten Teilchen der Materie entdeckt zu haben, doch wenn sie es erfassen und als Urquell aller Dinge definieren wollen, entzieht es sich dem Willen, es endgültig zu beschreiben. Das ist, weil sich das Wissenschaftliche in ihrem Sinnen und Sich-selbst-Begreifen in einem Wahn befindet, der Un-wirkliches als wirklich darstellt und damit ein Chaos der Begriffe produziert von weltumspannender Manier. Ich hätte dazu vieles noch zu sagen, doch solang die Menschengeister es nicht hören und begreifen wollen, ist es eine aussichtslose und vergebne Liebesmüh. Nur um der Allerwägsten willen künde Ich sie dennoch, die berühmte Lehre von dem Sein an sich, das in seiner Geistigkeit auch nur vom Geist zu fassen ist und von der Konzentration auf das, was *ist*, ohne es mit sirrendem Verstand und Denkkraft zu durchdringen.

Allein das gottesfreundliche, vertrauliche und seinsgerechte Handeln Mir und Meinem Anhang gegenüber macht das Leben. süss, verständig und gediegen. Es verleiht ihm jene Würde, welche ihm von alters her gebührt und es befähigt wahrhaft grosse Werke unter Meiner genialen Leitung zu vollbringen. Das ist dann das Paradiesische, das sich durch die liebe, lange Seinsgeschichte zieht und in dem Künstlerischen offenbart, das Ich Mir Bin und das ein jeder *ist*, der sich voll Wonne durch Mein Sein bewegt.

## 6.7

Ich geruhe zu sein, mit allen Mitteln ausgestattet, die Ich für diese königliche Disziplin für nötig halte. Was immer für Mich machbar ist, kommt in Meinem so verehrenswerten Milieu zum Zuge. Das ergibt ein buntgeschecktes Würfelspiel von Hin und Her und Auf und Nieder in den tönenden Erhabenheiten die Ich Mir zum seelenvollen Aufenthalt erkoren habe. Schnittig ist, was sich mit rasender Geschwindigkeit durch Mich bewegt. Ich staune, ob der Vielfalt Meiner Traditionen, die Ich mit dem Blick auf Ewigkeiten sachgerecht und liebevoll begründet habe.

Was von Mir kommt, ist an sich schon reizvoll und bewundernswert und kann mit deinen irdischen Talenten noch bewusst verschönert werden. Das ergibt ein himmelstrebendes Zusammenspiel, an dem die Lebensgeister ihre innige und hochsensible Freude finden. In allem was Ich Bin, steht es Mir völlig frei, so oder anders, bescheiden oder mächtig in die von Mir geschaffenen Belange einzugreifen, um sie neu zu regeln und gestalten, sie zu beleben, oder ihnen einen Dämpfer aufzusetzen. Was Ich bisher gestaltet habe ist Allweiten bildend unentwegt auf grandioser Fahrt in die Unendlichkeiten Meiner Geisteszüge. Sie vermitteln jedem, der sie schauen kann, ein Bild der genialen Tüchtigkeit, mit der Ich seit Äonen seinsbegeistert operiere. Was nicht zu dem gehört, was Fortschritt und

Gediegenheit bedeutet, bleibt hintangesetzt und muss sich sputen, um den Anschluss an Mein munteres Gesellentum nicht gänzlich zu verpassen. Mein Aufruf zur Beständigkeit und gütevollen Anteilnahme am Geschick der Welten schallt durch alle Höhen und Abgründigkeiten, die Ich Mir zum Sein bestimmt und welche Ich auf allen Ebenen mit Wonne oder innigem Bedauern ausgekostet habe. So Bin Ich denn bewusst der Seiende wie auch der Kreator Spiritus von dem was Nicht-Sein ist in den vor Mir versammelten, kapriziösen Weltentiefen. Sie *sind* und sind doch wieder nicht und müssen stets vergehn, damit Ich neue schaffen kann in Würde und unendlichem Begaben.

Meine Werte werden nicht gezählt und nicht gewogen, weil sie von überirdischer Natur in ihrem Geisteswesen sind und ewig bleiben. Ich pflege was du niemals pflegen kannst, eine kräftevolle Geistkultur, aus der die Universenwelt hervorgeht, ohne sie zu sein und die sich als der reine Ursprung dessen, was da *ist*, erweist. Das Erdenwirkliche ist Schall und Rauch, ist Nicht-Sein, Maja und Unwirklichkeit, gemessen an dem, was Ich Mir Bin, in wunderbar geglätteten und gloriosen Geisteszügen. Ich hebe dich in aller Form und Fabelhaftigkeit zur Einsicht in Mein Wesens Sonnenglanz empor, von dem die Welten alle gründlich zehren.

Du bist im Leben an dich selbst gebunden, Ich Bin frei in Meiner noch nicht definierten Seinsgeschichtlichkeit und Partialität. Mein Sein ist reines Kräfteweben, ein Gefäss der Weisheit und des lichten Einsseins mit Mir selbst, raum- und zeitlos über jedem kosmischen Begreifen. Da gibt es weiter nichts mehr zu erzählen, weil alles Zählerisch-Begriffliche schon unter Mir in Träumen liegt von dem was es nicht ist in Wunderbaren.

So wenig wie du von Mir weisst, so viel ist Mir von dir bekannt in deiner zauberhaften Seinsgewandtheit und Geschliffenheit von Meinen Gnaden. Du scheinst Mich in dem Denken, das du führst, vollkommen aus dem Weg geräumt zu haben. Deine Wissenschaftlichkeit und seinsmakabre Klugheit hindern dich daran, aus deinem selbstgeschaffnen Getto auszubrechen in das Reich der lichten Qualitäten und elysischen Glückseligkeiten um dich her.

Was Ich dir biete ist ein Seinsprogramm, das dich in tiefem Dich-Besinnen allgemach zur Einsicht in Mein Wesen führt und dich davon befreit, nur an dein Eigenes zu denken. Das Wissen um das Sein verbindet dich aufs Innigste mit Mir und lässt dein Seinsgefühl bewusst und siegreich, unwiderstehlich, heiter und gelassen voll Vertrauen in den Liebeshimmel fahren.

## 6.8

Wehmut in den Tiefen, erhabne Seligkeit in Meinen Höhn. Ich schaue Mich von innen an und konstatiere eine Fülle von bewundernswerten Qualitäten, die den Universenraum erfüllen, der Meinem schöpferischen Flair zum Fortgang und zur gefälligen Verfügung steht.

Mich in das Wesen Meiner selbst hineinzudenken bereitet Meinem Sein Entzücken und flutet durch den Raum hinan, hinauf, herunter und hinweg, um nach Äonen wieder zu Mir heimzukehren. Ich werke an der eigenen Schöne bis sich das Gewirk als kunstvoll und bewundernswert erweist für alle die es intensiv betrachten mögen. Da gibt es gar nichts auszusetzen, weil sich das Vollkommene in jedem Fall aufs schicklichste bewährt, in sämtlichen Gemarkungen, die Mir weitoffen stehn.

Seitdem Ich Mich in Mir gefunden habe, kann Ich nimmermehr im All verloren gehn und sehe Mich an jeder Stelle Meines Seins aufs Wohlbedachteste geborgen. Ich lerne immer besser auf Mich achtzugeben, jede Willkür ist Mir fremd und jede Rührung Meines Inneseins verzaubert Mich zu einem Wesen von entschieden freudigem Empfangen ungezählter Inspirationen und Erweiterungen Meines seinsbewussten und erhabenen Genies. Meine Schwingen sind auf Hochflug und Begeisterung gestellt und wogen in gewaltigen Sentenzen auf und nieder überall wo sich die Geister Meiner Zunft und Sitte leichterdings bewegen.

Ich dringe vor in jede Faser Meines gütestrahlenden Bewusstseins und belebe und beglaubige sein Wesen als das Meine in der Universenpracht, die Ich zu Meinem irisierenden Beschauen selbstbewusst und weiserweis geschaffen habe. An allem, was da *ist*, entzündet sich Mein gütestrahlendes Erbarmen, dem die Himmelskräfte folgen, um es immer weiter aufzurichten und auf den Polraum, der Ich Bin, mit ausgezeichneter Geschicklichkeit zu dirigieren. So wird Mein Denken mählich zu dem Überlegen jedermans, das ihn zur Vollendung führt und zum Begaben mit dem Wohllaut Meiner gütestrahlenden und alles überragenden, liebevollen und beglückenden Regie.

## 6.9

Myriaden *sind* und sind in einem Milieu, das sie für wirklich halten, ohne noch das lIIusorische dabei zu sehn. Noch ist die Gabe des Erkennens fremd für sie und ihr Verstand bezieht sich auf das äussere Geschehn, derweil die Motivationen dazu aus dem Innern, Geistgeprägten strömen. Was nicht ist, kann werden und das Werdende Bin Ich in allen Regionen des Erscheinens Meiner weltgewordenen Ideen. Sie *sind* und sind das Wirkliche,

126

das in Mir aufklingt, als der Urgrund aller Welten und Erscheinungen im universendichten Seinsspalier.

Willst du den Herzensfrieden, hast du Mich als geistige Instanz in dir zu finden, die dein Wirkliches als Maja blossstellt und dir die Wahrheit deines Seins enthüllt in liebevollem Aneinanderreihen. Du Bist und Bist von dem geprägt was Ich Mir Bin in mustergültiger Manier bis in die letzten Tiefen. Es ist die reinste Seinsgeschwister-schaft in der wir alle *sind* und leben und die uns an das Eine bindet, das da *ist* als Sein vom Sein in der Unendlichkeit der Sternenwelten.

Was Ich dir hier erkläre, wird auch in dir bewusste Klärung finden, wenn du dich in deines Seins Erhabenheit vertiefst und die Spuren reiner Geistigkeit verfolgst, die dich unweigerlich zum Lichte des Erkennens führen. Und sagst du A, so will Ich dir das ganze Lebensalphabet eindringlich und geschickt vor Augen führen, so dass du, was du Bist, begreifst im Wunderbaren.

Geh Schritt um Schritt voran und scheue keine Mühe, um nach dem zu forschen, was dich trägt und führt und für dich Sicherheit und Seligkeit bedeutet. Ich Bin der einzige Garant für deine Züge, der dich nie enttäuschen wird und der dich aus der Täuschung dirigiert, in der du dich befindest. Deines Seins Beschaffenheit ist von Mir approbiert und ohne weiteres als gut befunden, weil es auf derselben Linie wie die Meine liegt und nimmer von ihr weichen kann bis in die fernsten Ewigkeiten. Diese stehn dir noch bevor in des Seins Ergriffenheit und Wonne, Heiterkeit und wundertätigem Beseelen.

## 6.10

Zwanglos unter liebevollen Lobgesängen folgen sich die Bilder Meines zünftigen Vergleichens mit den deinen.

Mir sind seit eh und je Gedankenschärfe kombiniert mit Kräften der Imagination die Basis für Mein schöpferisches Tun, derweil es dir gefällt betrachtend und geniessend an dem Fortgang unermüdlichen Gestaltens teilzunehmen. Es ist das eine wie das andere vonnöten, um das ganze einer Welt von schönem Schaffen wie von gelassenem Davor-Verweilen unentwegt hervorzubringen. Mir ist das Gräuliche zuwider, derweil Ich an dem Buntgesprenkelten und Formvollendeten besonders regen Anteil nehme. Das wäre auch für dich ein Seinsgewinn und eine sagenhafte Option, wenn du dich tätiger und würdiger verhalten könntest unter Meiner schützenden und inspirierenden Ägide. Wo *Meine* Zügel zierlich und verschwenderisch zum Vorschein treten ist gut leben und begeistert schaffen an dem grandiosen Weltenwerk, das *Ich* Mir vorgenommen habe.

Mysteriös mag klingen, was Ich dir von Geistes-wissenschaft und -Klarheit, Munterkeit der spriessenden Gedanken und Verwegenheit im Disponieren frei heraus erzähle. Für Mich jedoch ist Meines Reiches Reichtum ganz real, sodass es keiner Explikation bedarf, um das Mir Vorgestellte näher zu erklären. Was von deiner Seele wie der Schimmer eines Leuchtens in der Nacht verschwimmt, nimmt vor Mir geklärte und gesicherte Konturen an, die enorm begeistern und beglücken können. Es ist die Ratio in dir, die dem Erkennen Meiner Geistespracht zuwiderläuft, indem sie sich hervordrängt und nur das will gelten lassen, was mit harten Händen greifbar und beweisbar ist in deinen komplizierten Niederungen. *Meines* Seins Gefälligkeit ist sober, kunstvoll und entschieden genial und würde deinem Sinngehalt wohl anstehn in des Universenwaltens köstlichem Getriebe.

## 6.11

Gabst du dir jemals Rechenschaft darüber, wie du Mir gefallen könntest in des Alltags Qualität und Barbarei, Rücksichtslosigkeit und liebevollem Strahlen. Schwimmst du obenauf, so will das noch nicht heissen, dass du gut bist, wie der Gottessinn es dir behutsam vorgegeben. Noch in vielem ungehobelt ist dein sittliches Benehmen und du schaust fast durchwegs nach dem eignen Vorteil aus, statt dir Meinen auszumalen. Wenig fehlte und Ich koppelte dich ab von Mir und Meinen Meisterzügen und liess dich in den Abgrund fallen weltlicher Provenienz, den du dir bereitet hast in deinen wägsten Menschentagen.

Ich setze alles daran, Wege zu erfinden, die dich unvermittelt zu Mir führen ins elysische Geflüster reiner Wohlfahrt und herzinnigen Behagens. Ganz persönlich spreche Ich dich an und bringe dir zum Überlegen ob dein naturgemässer Eigensinn nicht wert ist, überwunden und geknackt zu werden.

Geruht es dir, in einen Dialog mit Mir zu treten, ist es Mir wie nichts daran gelegen, deinen Trübsinn aufzumischen und dein Verständnis von der Welt zu klären bis zu Mir hinauf in die erhabensten und würdevollsten Geistessphären. Das Bewusstsein von dir selbst hat sich noch enorm im Sinne einer Restauration und Rücksichtnahme zu verändern auf das hin, was du wirklich Bist, in deiner kongenialen Munterkeit und Massarbeit mit Mir. Da können Wunder des Begreifens und Beseligens geschehn, sowie du dich Mir ganz ergeben und vereint hast in des wahren Seins unendlichem Bewähren. Meine Himmel rufen dir Vertrauen zu und Meine lichten Heiterkeiten überzeugen dich von der Gediegenheit und Pracht des Reiches, das Ich seit Urewigkeit bewohne. Es ist die Bewusstheit von Mir selbst als Urgrund aller Zeiten und Begebenheiten und soll schlankweg auch der deine werden in der Selbstverständlichkeit, die Ich dir flüsternd und vertraulich anempfehle. Bist du dir das geworden, was Ich Bin, gehörst du zu den Meistern des glückseligen Beschauens dessen, was da *ist* im überirdischen Solarium und Seinsgefühl von Meinen liebevollen Gnaden.

## 6.12

Probehalber wird es an Meinem Hof nichts geben. Ich lasse alles wohlbedacht gedeihen, so wie`s in Meiner Fantasie und Fertigkeit entstanden war. Dort ist es ein zweckgebundnes Üben, hier das Vollbringen einer kugelrunden Meistertat. Mein Schwert ist schon in Mir geschliffen und vereidigt worden für blitzblanken Sieg in allen Weiten Meines Herrschertums. Meine Strategie ist niemand ausser Mir bekannt, damit sie brennend greife und von nichts durchkreuzt und sabotiert, lahmgelegt und ausgebootet werden kann.

Trotz alldem Bin Ich höchst flexibel in Bezug auf das Platzieren einer neuen Einsicht, die Mir ins Gemüte brauste, folgenschwer. Galaxien werden von Mir abgerüstet, wenn sie nicht mehr taugen. Neu erwachtes tritt an ihre Stelle und erleuchtet und erwärmt das All, dem Ich Mein Forschertum und Meinen gütestrahlenden Privatbesitz gewidmet habe.

Geheimnisvolles Schweigen weiht die Kathedrale Meiner Weiten. Gedankenornamente zieren sie und lassen ihren Seinsgehalt in Wonne und Gelassenheit vibrieren. Unter dieser Perspektive klagt Mich keiner an, um etwas besser und bewusster auszuführen. Mein Hochgesang entspricht genau dem Ideal, das sich aus Meiner Willenskraft erhob, um in den neu gebornen Räumen Glanz und Wohlfahrt zu verbreiten. Mein Bestreben geht dahin, vom hundertsten ins tausendste zu navigieren und auf Meinen Geistesmeeren edelklingenden Gestaltungen das Kreuzen beizubringen. Abergründiges weiss Ich geschickt und tunlichst zu vermeiden. Bis an die Ränder Bin Ichs Mir gewohnt mit wohlbedachtem Schritt zu treten, schwindelfrei, trittsicher und famos. Meine Kräfte üben sich in seinsvollendeter Manier und laufen griffig und befördernd wohlbedacht und sicher in die Sternengalerie. Ich nenne keine Zahlen, weil sie nicht zu eruieren sind in Meinen Vielgestaltigkeiten und Bin trotzdem das eine, unermüdliche und seelenvolle, preisgekrönte und erhabene, gottselige und makellose Sein in allen graziösen und grazielen Geistesregionen.

## 6.13

Was gibt es da zu reklamieren? Nichts und wieder nichts in der subtilen Seinskarriere die Ich dir verschaffe auf Bewährung und Gewähr. Ich fordere dich dazu auf, das Budget ernst zu nehmen, das Ich für dich aufgestellt und eingerichtet habe. Es enthält, mit Akribie hervorgesucht, die menschlichen Verrichtungen, deren Ablauf du verbessern solltest bis zur, von Mir gewünschten, Perfektion. Ich garantiere dir, dass sich dein Auftritt mählich stilisiert zu einem angenehmen Stelldichein in einer Welt von burschikosen wie grazilen Angelegenheiten. Was dir obliegt, ist eine Fülle von Gefälligkeiten, die Ich dir zu vollbringen aufgetragen habe. Du weisst es nicht und weisst es doch, dass du der Vollbringer Meines Handelns bist, in einer Welt, die noch mit vielem hadert was sie soll und die in jedem Fall von Mir zur Güte und Gerechtigkeit geführt wird durch Äonen nach der Überlegtheit Meiner Ideale.

Beweisen will Ich dir, wie sich eine Welt dem Auge und der Seele bietet, die von Achtung und Gewissenhaftigkeit, Rücksichtname und subtiler Liebe was versteht. Der Drang zur peinlichen Verwirklichung der Züge Meines kreativen Schaffens ist auch jedem menschlichen Geschöpf zugrund gelegt. Seine Pflicht ist es, nach bestem Können und Gewissen auf das Wunderbare einzugehn, das aus der Höhe Meiner Geistigkeit zu ihm herniederströmt, um es zu bereichern und ermuntern für sein heilendes und heiliges Vollbringen. Da kann es nichts zu deuten, nörgeln, kritisieren und herabzumindern geben. In Meinen Interventionen offenbart sich Kraft von Kraft und Lieblichkeit von Liebenswürdigkeit, von Meinem seinssubtilen Reich an die Heerschaft der gesamten Menschlichkeit vergeben. Ich pflege sie und hüte sie mit Meiner Geistesaugen Symmetrie und Bin darauf erpicht, in Mir Mich selber zu verwirklichen als König aller Könige und Fürst der Wahrheit und Gerechtigkeit im wonnevollen Götterleben.

## 6.14

Weiterführende Konstanz ist Meinem Dasein eigen, gespickt mit Köstlichkeiten, die dem Universenwesen, das Ich Bin, wohl anstehn. Bei Mir steckt niemals etwas in der Kreide, weil Mein Schöpfertum sich aus der unermessnen Fülle Meiner selbst entfaltet unversiegbar, punktgenau, kapriziös, klangvoll, wählerisch und seinsgediegen. Lang ist die Liste Meiner faszinierenden Errungenschaften auf den Feldern Meiner sprossenden Ideen, die von Anfang an in sich der Tauglichkeit und Rasse nicht entbehren.

Meine Visionen stürzen sich wie prunkende Kaskaden in die Räume, die sie durch ihr Aufblühn generieren, geistgewaltig, generös und überschwänglicher von Mal zu Mal. Die Dauer ist Mein liebstes Kapital, weil sie Mir Ziselierungen gestattet von enormem Sinngehalt in mustergültigen Brigaden. Mein Dahinterstehn ist Geist vom Geiste, reine Lichtheit, wie Beschaulichkeit von dem was Ich errichtet, moduliert und mit dem Ehrenpreis der strahlenden Vollendung ausgestattet habe.

Wer sich dazu ermannt, in tätigen Gedankenschritten in Mein Reich und Meinen Reichtum einzutreten kann versichert sein, dass er von Mir mit offenem Gemüt, mit Wohlgefälligkeit und Seelenwärme aufgenommen wird, als wär er immer schon dabeigewesen. Ihm klingen süsse Gratulationen von allüberall ins Herz, ihn zu erheitern und für seinen Mut und seine Seinsgeduld aufs Kräftigste und Liebevollste zu belohnen.

Gang und gäbe ist es bei Mir, spielerisch die Geistesschwingen auszubreiten, um die lichtgestalteten Myriaden Wesen aufzusuchen, die das All durchglitzern und beleben, wunderbarer gehts nicht mehr. Zielbewusst, verträumt gefordert wie im Zustand sagenhaften Rekreierens Bin Ich Mir das alles, was da *ist*, und was die Geister Gottes überall und intensiv, wohlgeborgen und geliebt, seinsbewusst und sinnvoll von sich meinen.

## 6.15

Prunkvoll Bin Ich um Mich selbst versammelt in den Geistessphären, die von Mir besetzt und ausgelotet sind bis in die filigransten Regionen. Mein Gedenken gilt den Myriaden überragenden Gebietern ihrer Zonen, die sich durch unendlich ausgebreitete und ausgedehnte Räume ziehn. Mein Sein ist, was sich selber trägt, in der unendlichen Betriebsamkeit, die Ich im vollbesetzten Universensaal kreiere. Keine Stelle gibt es, wo Ich nicht vorhanden wäre, derweil selbst im geschaffen Bereich gewaltig manifeste Zwischenräume existieren. Alles was die wissenschaftlichen Experten *wirklich* nennen, ist für Mich nur ein bedenklich illusorisches Geplänkel, das des reinen Seins entbehrt, in dem Ich Mich real und wirkungsvoll befinde.

Tonangebend ist, was Ich aus wohlbedachter Willkür in die Welt gesetzt und in ihr etabliert und durch Äonen seinsgerecht erhalten habe. An jeder Stelle wo Ich in

Erscheinung trete offenbart sich die Lebendigkeit von Meines Wesens virtuoser Zartheit und Verbindlichkeit im kosmischen System. Ich weite, wo die Körperkräfte sich mit Vehemenz zusammenhalten, Ich baue das Lebendige auf, derweil es in sich selbst unweigerlich erstirbt, um neuem und erfahrenerem Raum zu geben.

In allem, was da *ist*, betreibe Ich ein genial erdachtes makrokosmisch wie mimosisch aufgerichtetes Laboratorium des langen Atems und des kurzen Nächtigens in Mir. Die Folgen davon pflegst du in der kosmisch ausgebrachten Garnitur, sowie im Minikrimen forsch und voller Andacht zu betrachten. Ich jedoch schaue Meinen Ausbund wie Mein universenweites Seinsgehaben stets von innen an und *weiss*, derweil du nur vermutest, in der peniblen Abstraktion, durch die du dich bewegst.

Es walten die Mächte, es schalten sich die Nächte ein, doch bleibe *Ich* der Tag, das Licht und die unendlich reiche, reine Seinsoase im glückseligen Allhier.

## 6.16
Mein Seinsprofil ergibt sich aus bemerkenswerter Strenge, Schöpferfreudigkeit, sublimem Ehrgeiz wie Beharrlichkeit auf dem, was Ich Mir vorgenommen. Ich kritisiere nur Mich selber, weil sich nach Gesetz und Ordnung alle nur am eignen Zipfel nehmen sollen, um gerecht und seinskonform, prophetisch und sich selbst bewusst zu werden. Der Mangel an Beharrlichkeit kommt bei Mir übel an und muss beständig korrigiert und ausgebessert werden. Ich kann Mir auch nicht einen einzigen Fauxpas leisten, denn dieser würde ganze Ländereien und Versuchsanlagen, Keimgebiete und natürliche Bepflanzungen zerstören. Schaut auch Mein Wille aus nach immer mehr, so ist in Meinem Kontext Qualität aufs Schärfste inbegriffen, damit das

Prosperieren Resultate zeitigt von subtiler Folge-richtigkeit und seelenvollem Stil.

Freie Wirtschaft und verwegenes Gestalten sind Mir eigen, ebenso wie jeder Kunstgriff, den Ich zum Erreichen Meiner Ehrenpreise rigoros verwende. Zierliches Verhalten wie pompöse Manifeste stehen Mir zu gleichen Teilen bestens an. Ich kämpfe um das Weltenwohl, dem Ich Mich seit Urzeit seinsgerecht und minutiös gewidmet habe.

Jedermann soll seine Meinung nach der Meinen stilisieren, um auf seine Art, Erfolg und hoch geschätzte Tüchtigkeit und Strahlkraft zu beweisen. Mir dämmert, was noch Myriaden als in Nacht versunken unerhörten Muts prestieren müssen. Doch immer zieh Ich sie heran zum Lichte, das in Mir Triumphe feiert mehr und mehr. Geringes wird zum Vielbeachteten getragen und der Schauplatz Meiner Aktionen ist schon längstens zur Arena grandiosen Stils und kosmischer Begrifflichkeit geworden. Das gewisse etwas liegt bei Mir beständig im begehrenswerten Äther, mit dem Ich Mich erfolgreich und bewusst versorge.

Alles in allem kannst auch du gewiss sein, dass sich unter Meines Himmels Baldachin aufs Beste leben, wirken und erwarmen lässt im sagenhaften Seinsgefühl, das Ich Mir zart und zügig angemessen habe.

Ja, es kommt so weit, dass du in Meinem Kontext, Kapital und krisensicheren Verhältnis laborierst, um selbstbewusst, konkret und seinsloyal zu werden. Auch du gehörst zu denen, die die Chance in sich spüren, einen maximalen Schritt voran zu unternehmen in Bezug auf menschengöttliches Empfinden, Mitbegründen warmer Werte wie Erleben dessen, was da *ist*, als seinsreal und geistreich, lebenstüchtig und global.

Mir sind alle Fäden in die Hand gegeben und zugleich ziehst und zitterst du an deinen, um voran zu kommen mit dem Sinngehalt und der Bedeutung deiner Aktionen.

Ich verwandle alles, was Ich wissenden Gemüts berühre, in ein Fest des freudigen Empfindens dessen, was Ich Mir seit Urzeit zugelegt und anerzogen habe. Mein Wille zum Gestalten ist gediehen bis zur Fähigkeit im Allkreis Zauberhaftes zu bewirken und Mich mit ihm zum wunderbarsten Einklang zu vereinen. Meine Seins-gesetze greifen bis ins Detail jedes Muss und Muster mutig an und behandeln es im Sinne des Veredelns aller Seinsgegebenheiten im Allhier. In klaren, klugen Definitionen fasse Ich zusammen, was da sein soll und behandle es als dringend oder langgezogen je nach der Art und Andacht für deren Wohl es eingesetzt und aufgeschaltet werden soll.

Aus guten Gründen mache Ich kein Hehl aus dem, was noch der Komplettierung und Berichtigung bedarf im ungeheuren Sammelsurium, das Ich Mir zugelegt und mit dem Ich Mich aufs Wunderbarste ausgestattet habe. Ich Bin nicht prüde, wenn es darum geht Mich seinsgerecht und Meiner würdig in der Welt zu präsentieren. Du kannst Mich spüren, wenn du Feingefühl dafür entwickelst, was an sich vorhanden ist in Geistform nach der Göttlichkeit Belieben. Ich stelle dar, was in Mir seit Äonen rinnt, rumort und Mir als Richtwert für ein jegliches Verändern vorschwebt hier und dort und allezeit im ewigen Umrunden Meiner selbst in seligemachender Manier.

## 6.17

„Aus dem Bewusstsein reinen Lichts bestehn", ist Meines Geistes Gabe an Mich selbst wie an die Myriaden, die noch auf dem Wege der Erkenntnis ihres Seinsbewusstseins fürbass gehn. Was Ich Bin durchwaltet und durchwogt mit seiner Existenzkraft die Allweiten Meiner Seinspräsenz, Prosperität, Behutsamkeit im Pläneschmieden und Erlesenheit im Stilisieren ihrer Funktion. Du gewinnst was Ich in die erlauchten Sphären des gestaltenden Elan gelegt und darin aufgepäppelt habe. Von Meiner Warte aus gesehn hast du nichts weiteres zu tun als in Empfang zu nehmen, was Ich dir entbiete und mit Andacht zu entfalten und verbrämen bis zur vollen Blüte ihrer Gegenständlichkeit und Signatur.

Die Würfel über deinem Dasein sind schon längst gefallen, doch du bekundest grosse Mühe es gebührend anzunehmen und in seiner Schätzung Güte und Vertrauen in es zu versetzen aus des Herzens liebevollem Gral. Du wirst die Stunde noch erleben, wo sich das verwirklicht ganz genau, was Ich von dir verwirklicht sehen will vor Meinem strahlenden Gesicht und Meinem nie verebbenden Gefälle von fantastischen Ideen. Ströme bester Lebensqualität lass Ich in dein Bewusstsein fahren und vermenge Mich mit Ihnen als der Inspirator für das, was Ich mit ihres Soseins schillerndem Gepränge will und wuchtig über dich und alle Welt ergiesse.

Ich komme dir in jeder Disziplin bevor, die Ich Mir ausgedacht und zur Erfüllung ausgerufen habe. So viel noch fehlt für das unendliche Gelingen, weiss Ich, dass es dazu kommen wird und dass dann alle Lebensgeister ihren Vollwuchs wesenhaft geniessen. Ihr Sein wird sich an Meines vollends angeschmiegt und angeglichen haben und ihr Wesens Qualität wird Meinen Standard nicht nur ganz erreichen, sondern ihn mit Meiner Hilfe wunderbarerweise übertreffen in den Sparten Seinsbewusstsein, Genialität, Erhabenheit, Gelassenheit, Behutsamkeit und liebevoller Einigkeit mit der verehrten Weltenmission.

## 6.18

Auf Mein Wort sollst du vertrauensvoller und befriedeter im Leben stehn. Du wirst du dich bis ins letzte Gran, Momentum, kapitalen Klügelei und bis ins feinste Äderchen von Mir aufs Trefflichste behütet sehn. Wer sind denn Meine Kinder, wenn du nicht eines bist von ihnen und wer tränkt deine Schafe, wenn nicht Ich die klarsten Wässerchen zu ihnen führe. Es geht nicht an, dass auch nur *eine* Seele darbe, die ihre Hoffnung auf die Niederkunft von Meiner Güte und Gerechtigkeit gesetzt hat, in der tückischen Bedrängnis, die ihr täglich wiederfährt. Meine Herzlichkeit jahraus jahrein ist Legion für alle die Mich wahrhaft lieben, und Mein Segensspruch verleiht enorme Tröstung denen, die ihn wie gedruckt verstehn.

Ahnst du das Köstliche, das dir bevorsteht an den Stationen deines Weglaufs durch enorme Hemmungen und Kalamitäten. Ich schaffe spielend weg, was dir als riesig aufgebautes Hindernis erschien und Meine Kräfte heissen jeden noch so schweren Widerstand aufs Herzlichste willkommen.

Dabei sind Meine Interventionen nach wie vor dem Säuseln eines Windhauchs zu vergleichen. Meine Optik reicht beständig rundherum bis in die fernsten Gauen deiner Gegenwart im Naturell der Welt, in die du dich hineingeboren. Mit *Meinem* Bild im Herzen kannst du niemals fehlen selbst in den bedeutendsten Entscheidungen, die Ich dir wohlbedacht und kraftvoll auferlege. „Du meinst es gut mit mir", darfst du beständig vor dich hin parlieren. So beständig wie Ich dich mit Meiner Wissenschaft und Seinsrealität begabe, muss Ich nun Abschied von dir nehmen. Wenn Ich dich scheinbar auch verlasse, kannst du sicher sein, dass Mein Gruss und Wahrspruch über deinem Haupte zirkuliert, um dir Meine Seinsbeständigkeit und Meine Treue vorzuführen. Was

Ich dir bedeute ist in deinen Lebenssinn geschrieben und was du von Mir halten sollst, kommt dir im Glück der Stunde seelenvoll entgegen.

Ich geruhe Mir in dir das Seinsvertrauen zu erwerben, das Ich doch so nötig habe in der Zeit des Umbruchs und der Seelenqual. Mein Bedenken gilt den unzählbaren, wandelsüchtigen und lebenstüchtigen Wesen, denen Ich Mich zugewandt und eingemittet habe. Was in ihnen glitzert, webt und ihr Gegenwärtigsein belebt Bin Ich in Meiner Fülle des Erbarmen und Erwarmen an dem Menschenwerk, das Ich in Millionenzeiten liebevoll vollbracht und ausgeweitet habe.

Was immer virtuos und wohlbedacht, zentrifugal und zukunftsträchtig ist, vollbringe Ich in einer Welt der unzählbaren Optionen und Verbindlichkeiten, Netzwerken, Kalamitäten und bedeutungsvollen Seinsideen Meiner Qualität und von Meinem gottbegnadeten Kaliber.

Niemand soll sich über Mich beklagen müssen in der Einfalt seiner Kindertage, weil Ich stets bestrebt bin, ihn behände aus der Patsche, Problematik und Zerwürfnis hochzuziehn, in die er sich aus Unbekümmertheit, Unkenntnis und Verwegenheit gestossen. Wer sich in allem Ernst an Meine Fersen heften will, den halte Ich bewusst auf Trab in Meiner Herzensgüte wie in Meinem dezidierten Willen, alles gut, perfekt, pointenreich und fabelhaft zu machen, was Ich wohlgesonnen und geruhsam für Mich angezettelt habe. In Meinem Grossrat und Belieben habe Ich von allem Anfang an beschlossen, letzten Endes nur Gewandtheit und Gediegenheit, Leutseligkeit und köstliche Besonnenheit im Allgebiet zu produzieren. In dieser Hinsicht lässt sich Meine Kreativität von niemand überbieten, sei er aus sich selber noch so klug und kenntnisreich, seinsagil und populär geworden. Ich schleife ständig an dem Gut, das Mir seit eh und je im Seinspotenzial zur wunderbar gesitteten Verfügung steht und das Ich mit erhabenem Gewinn und Gestus unentwegt zur strahlenden Vollendung und Beglückung treibe.

# 7

# Allpräsenz als Urkraft

## 7.1

Melodiös gesprochen klingt noch jede Himmelsbotschaft wärmer und intimer an dein Ohr, als jeder noch so zackige und forsche Dienstbefehl. Auf diese Art und Weise pflege Ich bei der Verwirklichung von allen Meinen Seinsprojekten tunlichst zu verfahren, sodass es von Mir heisst, Ich sei die Güte selbst und mit enormer Liebenswürdigkeit geladen. Kennst du den Ausspruch: Hochmut geht dem Fall voran? Das gilt durchwegs auch heute noch in allen Regionen des bewussten Daseins weltenweit und kosmisch ausgeschrieben. Ich kenne keine Institution, die schwierige Probleme delikater anfasst als die Meine, die sich nicht zuletzt gerade deshalb so rasant verbreitet hat in der gesamten Seinskultur.

Ich rede gern von Dingen höherer Natur, die in der Menschheit etabliert sind, ohne dass er`s in der Regel weiss und sie deswegen, plastisch vorgetragen, als fantastisch, unglaubwürdig, spekulativ und satt von Einfalt von sich weist. Ich aber suche mit der Kraft der Fantasie nach Argumenten, die die Lehre göttlicher Befindsamkeit trotzdem so schlicht und artig zu verbreiten wissen, dass sie geglaubt und akzeptiert wird von den vielen.

Auf Meiner Linie liegen, schön nacheinander aufgereiht, die unentbehrlichen und graziösen Seinsgesetze, nach denen jedermann verfahren muss, um zu einem seinsgerechten Ziel und Zutritt zum Unendlichen zu kommen. Der Fall steht klar vor Meinen Augen, dass am Ende jeder Weltenbürger sich sowohl im sogenannten Diesseits wie im märchenhaften Jenseits regelrecht präsent und aktiv fühlen muss. Das ist dann der Zustand reinen Seinsgewissens, der den Schauenden zutiefst beglückt und selig werden lässt inmitten aller noch so seinsbedrohlichen und abstrusen Situationen. Kenner sagen das von sich mit einer Nonchalance und Selbstverständlichkeit, die ihresgleichen suchen und die, gelind gesagt, des Lebens Rätsel offenbaren durch die Art und Weise, wie sie sich dem Volke präsentieren. Hältst du Meine Worte für seriös und seinsgediegen, haben sie ihr Soll und ihre Pflicht aufs Glücklichste getan.

## 7.2

Die Grazie des Augenblicks erfassen kann Ich nur im Zustand reinen Seins, wo die alternierenden Gedanken stille stehn und des Erkennens Kreativitäten zu Mir strömen. Im schweigenden Betrachten der Gegebenheiten blüht Mir unwillkürlich auf, wessen sie zu ihrer gütestrahlenden Vollendung noch bedürfen. Wichtig ist und wesentlich dabei, dass von dem einen zu dem andern alles logisch angeordnet ist, weil es im Göttersinnen keiner Brüche und Verwerfungen bedarf, um zielbewusst voranzukommen. Aus dem Schlanken, Wohlerwogenen und kreativ Gefassten resultieren die Bekömmlichsten Gedanken. Dein Seien sei ein wohlbegründetes Agieren auf der Ebene der götterlichten Geistebegriffe, die allem Handeln seine Richtigkeit und Wohldosiertheit, Kontinuität und Unbescholtenheit verleihen. Wer sich dazu berufen fühlt, am profunden Werke mitzuwirken, der möge sich zuerst und bis zuletzt in Seinsbewusstheit und Ergebenheit ins göttliche Befinden üben. Das ist dann der rechte, redliche und linientreue Weg, den zu verfolgen erste Pflicht ist und natürliche Erfordernis um jede Art von Plänen in das Wirkliche zu übertragen.

Was dir eben einfällt, kannst du ohne weiteres als von Mir gesponsert und geführt betrachten und ihm damit mehr vertrauen als den ungezählten anderen Impulsen und Verlockungen, die dich stets umschwirren und für ihre Zwecke zu gewinnen suchen. Es handelt sich für jeden Schaffenden gewiss darum, dass er Extreme meidet und somit seine Aktionen fein säuberlich im mittleren Bereich platziert, wo sie sich am Löblichsten entfalten und allüberall verbreiten können. Meine Mustergültigkeit erreichen sei dein vielersehntes Ziel, und Mein bedingungsloses Gutsein einzuüben die perfekteste und liebevollste deiner Taten. Es gibt nur dies: an Meiner Seite vorwärts, aufwärts streben und dabei das Glück verspüren, das im vollendeten Gehorchen wie in den schöpferischen Qualitäten liegt, deren sich die Seinsgesegneten seit aller Zeit bedienen und erfreuen dürfen.

## 7.3

Ohnehin Bin Ich darauf erpicht, Mein Sosein längelang im Stand zu halten, weil Mir das Überschauen Meiner selbst wie nichts behagt und mir schlussends den Mut verleiht zum Weltenschaffen. Das bemerke Ich selbander mit den Meinen und fasse sie zusammen mit dem Ruf: wir sind als Brüder in der Freiheit, Gleichheit und Gottesseligkeit vereint, die uns ein Dasein ohne jeden Mangel in der göttlichen Natur verschafft im Unvergleichlichen. So fein so gut. Doch weckt das reine Sein die Schaffensfreude und damit den Willen, Formen und Verästelungen zu kreieren von unübertrefflicher Geschmeidigkeit und Eleganz, Nützlichkeit und zauberhaft geschichtetem Benehmen. Das ist die Ebene der götterlichten Wesen, die mit ihrer Geistpotenz die Fähigkeit besassen Überragendes an Zierlichkeit, Merkwürdigkeit und Seinslebendigkeit im Myriadenfall hervorzubringen. Mir war das Recht, Ich schaute zu und war zugleich in allem inbegriffen, was da unter Mir geschah. Die schaffenden Gefährten wiegelten sich gegenseitig auf zu immer mächtigeren, meisterhaften und bewundernswerten Taten. Ins Gigantische erwuchs das kosmische Begehren und verstrahlte und verwirbelte sich universenweit in myriadenfältiger Manier. Die Geisteskräfte, die dahinter standen, gratulierten sich zu

145

den Wirklichkeit gewordenen Fantasien ihrer Wahl, derweil sie sich beeilen mussten alles Quicklebendige und aus sich selbst Agierende im Göttergriff zu halten. Doch alles, was die Absicht war, liess sich nicht genügsam regulieren. Die Eigenständigkeit begann Urständ zu feiern und verwickelte sich immer mehr ins Problematische und Hilfebedürftige vor Mir. Da fasste Ich Mich und entsandte kraftvoll und entschieden Meiner eigenen Geltung Wohlgewalt und Strahl, damit die Ordnung und die Seinsgerechtigkeit sich wieder etabliere. Und siehe da, das Weltgewissen hat die Umkehr allgemach vollzogen. Es ist auf dem Weg zu besseren Bedingungen und brüderlichem Teilen ihrer Wirkbereiche unter der Ägide ihres wahren Seins wie ihrer seligmachenden und liebevollen Gottnatur.

## 7.4

Meide was dir nicht zum Heil gereicht und merke auf wenn *Ich* dir was zu sagen habe. Meine Stimme ist der Liebe sanfter Bogen, Meine Arme sind gewohnt sich auszustrecken, um die Gaben Meiner Güte weltweit zu verteilen an die Dürftigen, deren Bitten Ich besonders gern erhöre. Monster kann Ich schlecht ertragen, mässige hingegen sehr, deren Schritte hinter sich den Frieden walten lassen. Ich kläre unvermittelt auf, wo Trübnis sich verbreiten will und sende Meine Kräfte dorthin, wo gottgesegnete, bewundernswerte Werke frohen Muts geschaffen werden.

Spürst du den Hauch der Gottgeselligkeit und Seligkeit in deinem Herzen? Das ist, weil *Ich* dir nah gekommen Bin schon früh am Tag derweil Ich bei dir bleiben möchte immerzu. Bei Mir hat niemand sich darüber zu beklagen, dass mit vielem Lärm doch nichts geschieht. Meine Züge sind mit Sinn geladen, Wohlklang, Wohlfahrt und dezenter Energie. Das rüstet dich beizeiten auf, damit du kämpfen kannst tagein, tagaus unter Meiner götterlichten universenweit verbreiteten Regie.

Klugen Auges überwache Ich den Fortschritt Meiner Infiltrationen und bewahre Myriaden Menschlichkeiten vor dem Allzuviel. Deine alternierenden Gedanken sollen nun zuallererst auf Mich gemünzt und ausgerichtet sein, damit sie Frucht und Frieden, Loyalität und Licht in alle Menschenreiche bringen. Meine Weisheit, Weitsicht wie Mein herzliches Erbarmen gelten jenen, die noch in der Phase unbewusster Kindheit stecken. Ihnen gilt der Ruf: Ich wecke euch und strecke euch gezielt und unentwegt dem Himmelslicht entgegen. Ihr seid Mir lieb und gut und Meine Absicht ist es, euch wie Brüder, Söhne, Töchter und weiss Ich noch was auf das Seelenvollste zu behandeln, trotz den Schwierigkeiten, die ihr Mir gewohnt seid zu bereiten. Meine Schritte sind getan, nun ist es an Euch, königlich und seinsbewusst einherzuparadieren.

## 7.5

Per se ist, was Ich Bin, genau dasselbe, was du Bist in einer unwahrscheinlich glückverheissenden Synthese. Aus dem reinen Sein geboren galoppieren wir selbander durch das Sternenall ins Mysterium beständig neu geschaffner Raumesweiten. Ich Bin in dir verkörpert ebenso wie du in Mir vergeistigt Bist und genau deswegen sind wir ohne jeden Zweifel ein überragend aufgemachtes Menschen-Götter-Paar.

Die Liebe hat uns aus dem Sein genommen, sie gibt es uns in wunderbar gesättigter Natürlichkeit und Wonne wieder. Wir *sind* und sind gewappnet für den Gang in immer neu geschaffne Weltentiefen, die uns prägen und befeuern, mutig machen und beseelt vom Drange nach elysischem Erlösen.

Spätestens posthum wirst du erfahren, dass du immer seinslebendig, geistvoll und im Sein geborgen warst, noch ohne es zu wissen, doch dann mit wissender Vernunft und glücklichbegnadetem Dich-selbst-Erfahren. Du schaust dir selber zu mit geistbeseeltem Klarsinn wie mit dem erhabenen Gefühl, im Götterreichtum angekommen, etabliert und akzeptiert zu sein für alle eingebornen Zeiten. Der Zenit der Lebensdinge ist ein Wachsein in dir selber ohnegleichen und gewährt dir das Bewusstsein nie erlahmender Gestaltungskraft und Schöpferfreude kosmischer Dimension. Das Ewige hat nur den Sinn, dich aufzuklären über deines wahren Seins strategische Identität inmitten der geliebten Weltenseele von unendlichem Format.

Die Sterne, Götterburgen, Seinsgeliebten und das All durchkreisenden Geschwader offenbaren Seins beglaubigen, was Ich Mir Bin und was du dir genauso Bist im Universensein bewusster Gegenwart, geistgeboren, geistbehütet, eins mit allem in der Gottnatur.

Im reinen Seien fügen alle Lebensdinge sich in eins zusammen und verwalten und verhalten sich im einigen Ich Bin von namenloser Güte im allewigen, glückseligen Beschauen.

## 7.6

Punktgenau Bin Ich zur Stelle, wenn Mir`s Mein Menschenseins Verlangen anbefiehlt. Ich gewähre freie Fahrt in allen Fällen wo die Argumente stimmig sind und der Wille zum Vollenden dominiert. Unter Meiner mustergültigen Belehrung wachsen Myriaden Kreaturen zu sich selbst empor und unterhalten sich aufs Beste im Rahmen Meiner vorgegebenen Strukturen. Wohlüberlegt und klug berechnet sind die von Mir angezettelten

Transaktionen, womit gesagt ist, dass sie dann auch stimmig sind bis ins letzte Detail ihrer Wünschbarkeiten.

Was immer du zusammenkleisterst, hebe Ich beizeiten wieder auf, um es aufs neue, aber gründlicher und faszinierender, zurechtzufügen. Wohl bist du Mir in deinem Handwerk nah gekommen, aber übertreffen wirst du Meines nie aus guten Gründen und mit der Klarheit Meiner Diktion versehn.

Die Menge staunt, wenn einer wie der wilde Zorn aus ihr hervorbricht, um sich als Überragender und genial Gefestigter vor aller Welt zu präsentieren. Das ist dann dezidiert Mein Werk an ihm wie in ihm und kein anderes lässt sich mit diesem nur im Mindesten vergleichen. Einjeder kann ein renommierter Künstler sein, wenn seine Griffe vollends sich mit Meinen Seinsbegriffen decken und in ihrem Sinn und Klanggedicht zusammenreimen. Schöneres kann es nicht geben, als die Übereinkunft mit des Gottes Würde und herzinnigem Befehl. Die Seele blüht in tausend Variationen und gestaltet sich zu einem Garten von berückender und sommerlicher Pracht im Morgenland der Virtuosen. Die Kenntnis deiner selbst bewirkt das Wunder der erlösenden Vernünftigkeit und Qualität in deinem Handeln und In-dir-Bestehn. Du Bist und wirst es immer bleiben, so wie Ich es Bin im Götterrat wie in der Mustergültigkeit der Kronenträger in den weiten Meiner Herrschaft und gestirnten Euphorie. Der Zug zur Seligkeit hat dich zu Mir erhoben und mit Mir aufs innigste vermählt.

## 7.7

Zur Debatte steht der Umstand, dass Ich aus dem Sein geboren Bin und nach dem Auftritt auf der Weltenbühne wieder zu ihm kehre, weiser und erhabener, liebevoller und verständiger geworden. Das Universum ist Mein

Eigentum und wird es ein für alle Male bleiben. Die darin vorgeführten Wesen offenbaren Meine Allpräsenz als Urkraft und ereignisvolles Geistesweben.

Sinn und und Unsinn sind Mir in die Hand gegeben, Aufbau und Zerstörung ebenso. Das Natürliche mit seinem mikroskopischen wie kosmischen Geschehen ist der Ausdruck Meiner Emanation vom Ewigen ins Zeitliche, vom Unendlichen ins immer Wiederkehrende gestossen. Ich Bin das Urgesetz und Bin der Anfang aller Weltentaten, du Bist der Endpunkt dessen, was Ich in dezente, sich selbst reproduzierende und zauberhafte Form gebracht.

Das ist die Definition der Dinge die da *sind* im Welten- wie im Geistessinne und die in Mir wie immer eine Einheit bilden von unübertroffener Qualität, Agilität und gütestrahlender Bewusstheit im Allhier.

Willst du kosmisch werden, halte dich an Mich und Meine Regeln und ermanne dich dazu, die Geistesschau zu üben. Das Wissen um die Gottesgärten liegt in deinen Tiefen tief verborgen und soll von dir gehoben und ins Sein gerettet werden als das Nonplusultra Meiner überragenden Ideen. Du Bist und sollst dir dessen inne werden mit Erfolg und mit dem Ausbruch der Glückseligkeit, die dich darob beseelt. Meine Worte haben die Tendenz, dich zur Selbstverwirklichung zu bringen und dabei kannst du ganz gewiss sein, dass Ich dir nach Kräften hilfreich Bin, weil Ich Mich selbst verwirkliche in dir im Fürstenzug der Evolutionen. Dein ist Mein und Mein ist dein in unerhörter Sensibilität und mit dem Siegel der Allgöttlichkeit versehen. Dem reinen Sein kann niemals etwas abgehn, das wir alle *sind* und dem wir nicht entrinnen können. und im Zustand strahlender Bewusstheit auch nicht wollen. Die Einsicht in das Wesen der Allherrlichkeit wird uns mit nie verebbender Glückseligkeit beseelen.

## 7.8

Am Kreuz des Lebens hangen die gerechten Gottes aufgerichtet vor der Heerschar derer, die nicht glauben und nicht wissen wollen, dass sie *sind*, unvergänglich und erhaben. Ich propagiere ihres Freiseins fürstliches Gefieder und lasse Mich dazu heran, ihnen ganz persönlich ihren Standard in des Lebens Gloriole mitzuteilen. Zerstreut sind sie wie eine Herde ohne Hirt und wie ein Rudel Schafe, die sich in der Wildnis ihrer Zeit verloren haben.

Ich Bin Mir sicher, was sich ziemt und versammle die um Mich, die nach Recht und Ordnung, Zuversicht Vertrauen und unendlichem Befrieden streben. Was Ich in ihnen wie in dir kreieren will ist die Erkenntnis der kaleidoskopischen Verbundenheit mit Mir wie mit den weltenschaffenden Vertretern Meiner kraftgesättigten Regie.

Meine Worte sind wie in den Wind gestrichen, hörbar für die Herzen, denen an der Geistigkeit des Lebens unermessliches gelegen ist. Die andern haben nur gelernt Verdienste aufzutürmen und Reserven anzuschaffen, die sie nur allzubald genötigt. sind auf nimmerwiedersehen hinter sich zu lassen. Ihre Stärken werden sich von A bis Z als schwach erweisen, ihr Gehaben nützt vor Meinem Angesicht nichts mehr. Nur das Redliche und Unbescholtene kann vor Mir Dauer und Bedeutung, Wetterfestigkeit und Qualität erlangen. Das Wissen *wie* ist ja schon längst vorhanden, nur muss es in die rechte Zeit und an den wohlerwognen Ort gesetzt und weise angewendet werden. Wer sich seiner Weisheit rühmt, ist schon verloren, wer sein Scherflein in Bescheidenheit, Konstanz und Willenskraft vermehrt, gewinnt von Mir den Freipass für das Sich-im-Unergründlichen-Bewegen. Ich empfange jeden guten Willens Spiel und sehe die Vernünftigen im Geistessinne vor Mir Freuden tanzen.

Was laborierst du an der Welt herum, wo du *Mir* Vertrauen schenken solltest für Mein götterlichtes Tun. Ich stecke, was von deiner Seite nötig ist, in deine Taschen, du brauchst sie nur gebührend zu durchsuchen und schon findest du den Schatz, den Ich dir, lebendigen Gewissens, auf die lange und glückselige Wanderung zu Mir dahingegeben.

## 7.9

Wie lässt sich doch das delikate Hier mit einem Jammerfeld vergleichen. Die Berge sinken ein, wo sie sich stolz erheben sollten, die Lichter schwanken und dem Allerheiligsten wird schweres Unrecht angetan. Die Massen fangen an, sich gegen die Verarmung aufzulehnen und die Ministerien geraten in den Ruf, weder ein noch aus zu wissen, um der Führung und Gewinnung neuer Perspektiven Herr zu werden. Da erhebe Ich Mich mitten unter ihnen und verkünde Meiner Stärke Anmut, Meiner Unbescholtenheit Rendite, wie Meines Mitgefühls bewundernswertes Kapital. Ich belehre alle, die es wissen wollen, in der Kunst, sich geistig aufzurichten an dem Stammbaum, der Ich ihnen Bin und sich am Seinsgefühl zu laben, das Ich für sie reserviert und mit glückseligen Gedanken angereichert habe.

In Meinem Dossier verzeichnet sind die ausgezeichneten Ideen, die zu verwirklichen Mir weder Mühe noch Befürchtungen bereitet. Ein Hoch auf Meine Fähigkeit die Lebensdinge gründlich zu durchschauen und an ihnen Meine Meisterschaft im Handeln und erwartungsvollen Pflegen Meiner Geistkultur zu üben. Einer Kriegserklärung gleichen soll sie an das selbstbezogne

Rätsellösen. Ich Bin die Klarsicht in Person und lasse Mich von keiner andern aus dem Lebensfelde schlagen. Jeder Wettstreit zwischen mächtigen Gebietern, millionenschweren Patriarchen, Besserwissenden und Mir ist schon zum vornherein zu Gunsten Meiner Überweltlichkeit und geistigen Potenz entschieden. Ich erlebe Mich im Reich der göttlichen Usanzen und verbinde jede Meiner Gesten mit dem einzigartig Einen, das Ich Bin, in der Raumgestalt des kosmischen Gewissens, das Ich Mir im wundertätigen Äonenlauf errungen habe. Meine Daseinsgründe sind in keinem Punkte mehr verschieden von dem Allgewissen, dem Ich eingebettet Bin und das in Lauterkeit und liebenswertem Laborieren seine Thesen spinnt und flechtet, altert und und verjüngt zu überragenden Synthesen. Meine Freuden an Mir selbst sind Legion und Mein Wandel durch die Universen ist dem Heerzug reiner Göttlichkeit und Daseinswonne zu vergleichen.

## 7.10

„Nimm dein Bett und geh", so einfach ist die Formel Meines Rauschens, Tauschens und bewundernswerten Wirkens in der Welt der Myriaden selbstgefälligen Gemüter. Was hast nun du zu dem zu sagen, was Ich als gegeben, profiliert und mit Sachverstand versehen propagiere? Du kannst dein Köpfchen schütteln her und hin, oder dazu nicken, immer bleibt es Meine sagenhafte Tat, die Welt erschaffen und dich in ihrem Wohllaut eingeführt und wohlversorgt zu haben. Tränen reinen Glückes möchte Ich dich weinen sehn, ob dem Allguten das das Natürliche dir spendet und dich voll Liebe dazu animiert, es dankbar anzunehmen. Ja, soweit muss es kommen, wenn du einmal deine Prüderie und Unvernunft, deinen Ichbezug und deine Illusionen abgelegt und ausgemistet hast aus deinem gottbegnadeten Bewusstsein.

Du erkennst, dass deine Lebensdinge anders konzipiert sind als bis dato angenommen. Es ist mehr als blosser Tuchkontakt vorhanden zwischen dir und Mir. Meine Leidenschaft hat dich in deinem Innersten ergriffen und gebärdet sich wie toll, um dich eines besseren und wohlbekömmlicheren zu belehren. Ich bestreiche leise deine Güter, dass sie sich mählich als von Mir gesegnet fühlen und in ihrer Würde und Bewusstheit unbedingt und klargesichtig zu Mir halten. Es gilt dabei die Widerstände mannigfacher Art galant zu überwinden und den Sprung in Meiner Gärten Zier und Zollfreiheit zu wagen. Sie stillen deiner Herzenswünsche Traulichkeit und minutiöses Fragen. Ihre Schönheit wird in deiner Seele Widerhall und Grazie finden und deinem Leben jenen Charme verleihen, den Ich seit Ewigkeiten für dich aussersah. Steig hinauf zu Mir mit Herzensandacht und intensem Seinsverlangen und sei im Sein der Mütter aller Mütter voll begnadigt und aufs Innigste geborgen.

7.11

Ich Bin die Gottbewusstheit deiner Zeit und will's nicht anders haben. In Meinem Netze laufen alle Fäden universenweit zusammen und verteilen Meine Kräfte wieder in unendlich majestätischer Manier.

Für Mich hat es noch nie ein Fixum sowie einen Zwischenhalt gegeben, alles ist in fliessender Bewegung, in beglückender Entfaltung wie in rhythmischem Vergehn begriffen. Meine Pläne sind in jedem Fall der Weisheit letzter Schluss und sind geprägt von delikaten Überraschungen, Erfindungen und Kuriositäten. Willst du genauer wissen, wie es um Mich steht, so musst du alles, was da *ist* in irdischer wie kosmischer Verfügbarkeit aufs Innigste befragen. Ich gebe Meine Werte preis um deinetwillen, damit sie dir in jeder Hinsicht dienstbar und erbaulich sind in deinen Motivationen.

Ich regle und regiere alles von Mir Aufgeworfene so lang, bis es sich selber helfen kann in der Unendlichkeit der Lebenssituationen. Das bedingt ein grosses Mass an Freiheit, die Ich dir noch so gern zu Füssen lege. An dir ist es, sie in gerechter Weise zum Erfolg von deinen kühnsten Unternehmungen zu stilisieren. Du hast dich in Besonnenheit und Disziplin zu üben, Tag für Tag und bist aufs Tunlichste gehalten, keinen Missbrauch Meiner dir geliehenen Prospekte, Güter und Erhabenheiten zu betreiben. So wie Ich's gewohnt Bin zu agieren, sollst auch du nach Kräften dich emanzipieren, um Meinem Weltenwerk den letzten Schliff und die Vollendung seiner von Mir angeworfenen Gestaltung zu verleihen.

Ich führe dich im besten Sinne himmelwärts hinan, das heisst zum Erkennen Meiner gütestrahlenden Struktur auf allen Ebenen des Seins und seinen übersinnlichen Besonderheiten. Nur schon die Ahnung dessen, was sich auf der Lebensbühne hinter den Kulissen abspielt, bringt dir Meine Geistigkeit, Vielseitigkeit und Schöpferwürde vehement vors Seelenangesicht und führt dich an's Entzücken an dir selbst, wie an der Geisteswelt von Meinen fulminanten Gnaden.

## 7.12

Im Wesen still vereint, im Schauen mit derselben Szenerie beglückt behalte Ich Mir vor, Mein Sein mit dir für alle Ewigkeit zu teilen. Du hast dein ganzes Leben lang das Wissen über deines Wesens Inhalt und Reform verschmäht, bis Ich begann dich sanft und seelenvoll darüber aufzuklären. So hast du nun von Mir begeistert zu erfahren, dass das, was einmal hoch und heilig war an dir, wird ewig so beglückend und bezaubernd bleiben. Dein Dich-Erinnern hält dich firm und fertig, frohgemut und unbestechlich auf dem Pfad der guten Hoffnung, der schliesslich zu dir selber führt in deinem Dich-im-Sein-Bewahren.

Was für Mich gang und gäbe ist soll es schleunigst auch für dich deinen Hofstaat werden. Mein Mich-selbst-Erfahren spielt sich ab in dir, und das zu wissen wird der grösste Trumpf in deinen Händen sein und dich davor bewahren, in die Fänge der Verletzer Meiner Eigenart zu fallen. Es steht geschrieben: weiche von Mir unerwünschter Gaukler lasterhafter Lumpereien und lass dich nimmer wieder sehn. Meiner Doktrin ist zu entnehmen, dass die Geistesdinge noch für jeden, der sie anrührt, heilsam und zutiefst beglückend sind. Das gilt vor allem auch für dich und deine Angelegenheiten, die dir bis dato noch bedrohlich und bestimmend über deinen Kopf gewachsen sind. Bitter mag das klingen, ist es in Meinen Augen aber keinenfalls, weil es dich ständig formte und erzog zu besseren Manieren. So vieles ist der eigentliche Zweck der Übung, was du längst noch nicht begreifen kannst, doch im Vertrauen auf Mein Wort und Meine Zuverlässigkeit wirst du es anstandslos und gläubig akzeptieren.

Du beginnst dich wahrzunehmen zugleich mit dem All, das Ich Mir Bin und das dich liebevoll und gnädig aufnimmt und erhebt mit allen deinen Nöten. Das ist die Weisheit des Gewissens, die dir noch gefehlt hat und die dich unbedingt und wunderbarerweise, hochbegabt und sicher in's Elysium führt

## 7.13

Ich taue auf im Niemandsland, wohin es Mich verschlagen. Und rate mal, was Ich hier kann, es ist beinahe nicht zu sagen. Ich baue Welten auf aus dem, was Ich Mir denke und habe vieles fest im Sinn worin Ich Meine Strahlen lenke. Und wieder ist`s ein Urbeginn im Weltall hoch erhaben, den es vordem nie gab in Meines Seins Vertrautheit und Manier.

Nichts Menschliches war noch aus Meinen Kräften wohlbedacht geworden, doch *war* der Grund zu schaffen für etwas, das noch kommen sollte in der Zeitenferne äonenweit vom Hier. Sternorte liess Ich aufblühn aus den Myriaden Geistern, die ihr Sein mit Elementenwucht ins All verstrahlten. In stiller Andacht hatten sie von Mir Befehl, den Ideenreichtum an sich überall mit Göttergunst und voll Elan beträchtlich zu vermehren. Da trug sich der Gedanke, wie ein Blitz, ins Weltgedächtnis ein: wir wollen, was wir *sind*, um unsern Eigenwert vermehren. So fügte sich im ungeheuren Gedankenspiel ein Menschliches zusammen, das von der Göttlichkeit im Universenraum in seiner Eigenart und Wesensfülle abgeleitet war. Aus grandiosem wurde mikroskopisches in unerhörter Feine und Gewandtheit, summender Beweglichkeit und hochbegabtem Seinsgehaben. Die Göttlichen sind als ein Geistervolk ins Menschensein hinabgestiegen und haben sich zu festen Formen auf dem sie erwartenden Planeten stilisiert. Aus Feurigem ist Luftiges, aus Luftigem ist Wässriges und aus Wässrigem ist Erdiges geworden. In all das lebten sich die Geistheroen ein und wussten sich mit unermesslicher Geschicklichkeit zu etablieren und vermehren.

Inzwischen sind sie Abgeschnürte von dem reinen Geistersein geworden. Sie pflegen die Gescheitheit und Geschicklichkeit und haben keine Ahnung mehr, woher sie denn gekommen. Ich aber weiss es und füge ihren Stilbruch sachte und beharrlich wieder mit dem Meinigen zusammen, damit Bewusstheit von sich selber herrsche in den launigen und suchenden Gemütern. Sie sollen ihres Götterwesens sich erinnern und sich in freien Stücken auf die Bahn bewussten Seinserlebens in elysischer Beglückung und Begeisterung begeben.

## 7.14

In jeden Wesens Sinnkraft und Verlangen ballt sich das zusammen, was sein Wille will zur Gegenwart gebären. Ich streite nicht darüber, ob es das auch weiss in saftigen Erinnerungen, Hauptsache ist, dass sie sich regelrecht in ihm vollziehn.

Nun fängst du an und setzest einen rührigen Gedanken nach dem andern vor dich hin, um ihm dann sukzessiv und liebevoll zum Durchbruch zu verhelfen. Auf diese Weise ist die Dingwelt nach und nach entstanden und sie darf sich rühmen, keiner anderen vor Mir und nach Mir nur im Mindesten zu gleichen. So ist alles aus Voraussicht und erbaulichem Erinnern, Zuversicht und Himmelsgrazie ins Licht getreten. Das Ganze hat seit eh und je in vielen Details und Wahrhaftigkeiten, Mustern und Gewinsten seine eigene Identität erkoren. So lebt und strebt nun diese, zugleich getrennt und nicht getrennt von ihm nach selbstverwalteter Gerechtigkeit am Sein und Leben. Die Belange decken sich aufs Haar, mit denen Ich wie du voll Eifer operiere. Was sich als nützlich, brauchbar und verehrenswert erweist, wird längelang gehätschelt und gepflegt und das Missratene wird radikal verworfen.

Du weisst nicht was du hast an Mir und musst es einmal doch erfahren, damit dein selbstgefälliges Posieren regelrecht als Leichtsinn und Betrug entlarvt wird vor dem Ernst und der erratischen Beharrlichkeit, mit denen Ich Mein Werk zur Reife und Vollendung bringe.

In Bezug auf Evolution und pausenlosen Fortschritt sind Meine Hände nicht gebunden. Du aber bindest deine durch dein Zögern beim Entwickeln neuer Brauchbarkeiten und Entdeckungen in Sachen Ich und Bin, die im letzten Grunde Mir allein gehören. Deine Willkür, blickend auf das geistige Gefüge, ist enorm. Du definierst so vieles einfach weg und merkst nicht, dass du dich damit in eigener Regie von der Götterszene weg bedingst, in der Ich Mich auf's Beste etabliert und eingefunden habe. Könntest du nur ahnen, was es heisst, ein Gottgesegneter und Gottgebildeter zu sein, du würdest dich bestimmt gesitteter, vernünftiger, wahrhaftiger und dankbarer verhalten. Leben heisst gewinnen und gewinnen: dich konstant im unermessnen Sein besehn.

## 7.15

Gloriose Ränke hab Ich für dich vorgesehen auf der Fahrt in Meine Wesensgründe lichterloh. Mein Morgen ist ein märchenhaftes Farbenspiel, dem nichts gleichkommt im beseligenden Weltraum Meiner Fantasie. Was Ich vor dir in die neu geschaffnen Weiten schütte nährt den Nimbus einer grandiosen Geste Meinerseits, um auch den letzten Zweifler von der Majestät und der Geschicklichkeit, Erlesenheit und Würde Meiner Aktionen und Bewandtnisse zu überzeugen.

Mit Mir ist nicht zu spassen, wenn Meine Segel auf Erfüllung stehn. Auf voller Fahrt zu jedem seinsgerechten Ziel Bin Ich von nichts und niemand mehr zu stoppen, weil die Dynamik Meiner Züge alles überrennt was Mir im Wege steht und Hemmungen bewirken könnte. Auch du wirst von der Wucht, Wahrhaftigkeit sowie vom Wohllaut Meiner Universenweiten, Benediktionen und Dekrete mitgerissen und versiehst begeistert deine Dienste an dem Ganzen, das Ich unverblümt und gnadenreich, filigran, erfolgreich und ermutigend in Szene setze. Auch auf dich kommt es entschieden an, ob das Wunderwerk gelingt und ob deine Ahnen einst von dir nur Gutes zu berichten wissen. Ich scheue keine Mühsal, um in irdischer wie kosmischer, menschlicher wie göttlicher Behutsamkeit und Wallfahrt majestuös voranzukommen in den Myriaden Meiner

Zunft und Zugkraft, Partition und universenweiten Modulation der Dinge, die da *sind* und von Mir ihren meisterhaften Ursprung haben.

Die Geschichte lehrt, dass Ich allein den längsten Atem wie die köstlichsten Ideen je verwirklicht habe. Das wird auch so weitergehn im Rhythmus grandioser Schauungen, Verwirklichungen und verebbenden Gebärden, die von neu aufwallenden gefolgt und masslos übertroffen werden. Willst du Mir folgen, so folge Mir vom frühen Morgenrot der farbenfrohen Graduale Meines Singens, bis zum Abendleuchten lichter Destination, die sich gewandt und schicksalstriefend, siegreich und glückselig ins Unendliche verzieht.

## 7.16

Deine Lebenskräfte strömen dir vom Mittelpunkt der Erde wie vom Kosmos gleicherweise zu, die Ich regiere und prestiere, manövriere und zu schicksalsschweren Entitäten führe. Mein Verfügen gilt dem Seinspotenzial, das Mir in unerreichter Fülle und Verträglichkeit, famosem Wohlgehalt und sinngeladner Dichte zur ständigen Verfügung steht. Dabei gelingt es Mir Mich haargenau auf das zu konzentrieren, was Ich will und was das All erfüllen und ihm die Seinsdynamik wie den Charme verleihen soll, die ihm seit eh und je zu eigen.

Gang und gäbe ist es Mir, nach dem Prinzip der strikten Selektion, sowie nach dem der Einheit, zu verfahren, deren Hüter und gewaltiger Stratege Ich Mir Bin, nach den aberwürdigen Gesetzen, die Ich Mir selber zugehalten habe. Meinen weltenweiten Unternehmungen ist nur entscheidender Erfolg beschieden, weil in Meinem Reich profunde Ehrlichkeit und Disziplin, Ökonomie und rasches Handeln dominieren. Die Basis Meiner Tätigkeiten ist das geniale Überdenken Meiner Lage, sowie der Riesenkräfte, die Mir ständig zu Verfügung stehn. Energie vor allem strömt Mir aus vollen Rohren in verschwenderischer Fülle zu und treibt die Riemen der Bewegtheit an, die Meine Werke in bewundernswertem Schwung erhalten. Die Usanz, mit der Ich ohne Unterlass in strahlender Bewusstheit operiere, ist von A bis Z Mein Grundbesitz und kann von nichts und niemand je geschmälert oder nur im Mindesten besessen werden. Ich verteile und verleihe nach dem Grundsatz der Gerechtigkeit und Güte, nach Verdienst und Wohlgewissen, wie auch nach der Absicht, die dahinter steht. Nur dort, wo in Meinem Sinn gegossen und geschossen wird, besteht die Chance von Mir unterstützt und hochgehalten und aufs Trefflichste bedient zu werden. Meine Strenge ist zutiefst mit Edelmut und zarter Liebenswürdigkeit verbunden und generiert vollendete Glückseligkeit und Daseinsqualität.

## 7.17

Im Reich der göttlichen Vernunft lässt es sich in aller Ruhe seinsbeglückt und selig leben. Über jede Missgunst hoch erhaben treten die Gesegneten des Himmels zur Vollendung ihrer Werke an und lassen es an Freundlichkeit und seelenvoller Liebenswürdigkeit nicht fehlen. Ich sammle alle unter Meinen einigenden, sanften und bezaubernden Befehl und lasse Meine Werte unbehindert, generös und wohlgemut Sich-selbst-Verspielen. Daraus erwächst die Homogenität der Seinsgeschichte, die Ich Mir selbst wie jederman in Meinem Gottesreich in allem Ernst, wahrhaftig und gekonnt erzähle.

Alles spielt im Jetzt unendlich frohgemuter Tage, die von gegenseitigem Befruchten und Beglücken, Sich-Beschenken und Bewundern bis zum Rand gefüllt sind. Mir allein ist es gelungen, ein Universenreich der Güte und Gelassenheit zu schaffen, das in seiner Seins-Gewissheit, überirdischen Potenz und namenlosen

Festlichkeit Urewigen Bestand hat, götterlicht gesehn. Ich brauche nicht nach anderem zu schielen, derweil Ich Meine Blicke fest auf dem verankert seh, was *ist* in Mir und Meinen treuen Dienern der Gerechtigkeit, Gutmütigkeit und schöpferischen Fantasie. Ich werfe auf und zupfe hier und dort an einem Faden, um die letzte Konsequenz und Ebenmässigkeit, Verträglichkeit und Wohlbewusstheit herzustellen, die für das Idealbild Meines weitgedehnten Reiches vorgesehen sind.

Von Licht und Kraft, von Urbeginn und ewiger Beständigkeit ist hier in aller Form und Farbe, Seriosität und Unbekümmertheit zu reden. Meine Wege sind mit sanftem Edelmut belegt und Meine grösste Tugend ist es, Meiner Werte Fülle blütenreiner Tage ringsum zu verschenken. Das geschieht im Zeichen der holdseligen Heiterkeit und Daseinslust, Ergiebigkeit wie Mustergültigkeit in Mir und Meinem Anhang seit Äonen auf der kometenhaften Götterspur.

## 7.18

Ich überlächle deine Sorgen, weil Ich haushoch über ihnen steh, in Meines Götteratems leiselangen Zügen. Doch weiss Ich dir zu helfen mit einer Fülle von Gedanken, die auf Einsicht, Wohlverstand und seelenruhiges Gewissen zielen. Meine Stärke sind die Klarsicht und die Klugheit, mit denen Ich allüberall gewandt, erbaulich und verständig operiere. Meine Heimat ist von Reinheit und Behutsamkeit, Gewissenhaftigkeit und Schönheit des Erlebens ganz durchzogen. Ich amtiere wie ein Fürst in allen Meinen Wesensgründen und gewähre Mir die Lust, an allen festlichen Gesängen und Geprängen freudvoll teilzunehmen.

Bei Mir geht es immer hoch und heilig zu und her, derweil die Eruptionen reiner Güte durch die Himmelsweiten hallen. Das Echo Meiner guten Taten fällt unweigerlich auf Mich und Meine Bastion zurück und lässt Mein Eigentum im Lichte der Verklärung glänzen. Den Sold der Liebe lass Ich reichlich über die verehrten Häupter fliessen, die der Welt voll Inbrunst und Gelassenheit, Loyalität und Weisheit gegenüberstehn. Was Ich immer anzutreffen hoffe, sind gewissenhafte Überlegungen in Sachen Solidarität mit allem was da *ist* und was Ich retten will und bessern bis hinein in seine feinsten Triebe.

Hohe Schule ist Mein Können, wenn es um die Verwirklichung von noch so delikaten und durchtriebnen Plänen geht. Hintangesetzt wird alles, was sich nicht mit der Geschliffenheit und Raffinesse Meiner funkelnden Ideen und Verordnungen verträgt, die schon Meine Weltenräume und verspielten kosmischen Verbild-lichungen zieren.

Alles dies gehört der Wunderkraft wie der Verstiegenheit des Seins, in dem Ich Mich befinde, an. Es soll auch dich ob seiner Majestät, Merkwürdigkeit und minutiösen Ziseliertheit bis ins Mark erschauern lassen. Sein vom Feinsten ist vor alle Welt gebreitet nach Meiner Herzenswonne fabelhaftem Stil.

## 7.19

Längst gewesenes lebt wieder auf, wenn du in Meinen Räumen Rat und Wirklichkeit geniessest von gottseligem Begründen. Du stellst dir nichts mehr vor, derweil Ich fertige Figuren vor dich hin drapiere von sagenhaftem Reiz und Ritual des Sich-Bewegens. Sie wenden sich, von Meiner Energie getrieben, um und um und kolportieren Sinngedichte und Geschichten aus dem Wienerwald wie aus dem Erzgebirge profiliert und elitär. Mir geht es darum, durch die Fantasie die Räume Meiner

Gegenwart wie Meines Aufenthaltes zu beleben mit erfolgreich formulierten Informationen.

Was Ich auf jeden Fall vermeide, ist das erschreckende Zuviel, das in manchem, an sich fabelhaften, Werke Unruh und Verwirrung stiftet. In Meinen fulminanten und bewegenden Kreationen dominiert das Schlichte, Übersichtliche in wunderbar in eins gefügten Schüttungen und Proportionen. An sich besteht bei Mir kein Grund Mich überhaupt zu äussern. Was Mich trotzdem zu der Fülle von markanten Expositionen und Verwirklichungen, meisterhaften Seinscollagen, Plasti-zierungen und Ziselierungen bewegt ist der Wille, Mich vor Mich selber hinzustellen, um den Anblick, der sich Mir so bietet, innig zu geniessen. Damit werden Meine Werte dupliziert und Meine Andacht vor Mir selber wächst ins Unermessliche in allen Einzelheiten, Heiterkeiten und Verschwägerungen. In dieser Hinsicht ist Mein Mass noch lange nicht gefüllt und wartet auf Bereicherung des Inhalts wie die Katze, die ein zierlich Mäuschen fangen will.

Ich halte Mich für fähig dazu faszinierendes und Beispielhaftes auf den Sockel der Vernunft zu stellen, die von geistigen Impulsen und Befruchtungen, Interventionen und Partikeln was versteht. Das wirkliche Beleben stammt vom Leben, das in Meinen Geist-gefässen brodelt und sich nicht geniert, unbekümmert, heilvoll, hellwach und begrifflich in den Tag zu treten. Was gewagt ist, ist schon halb gewonnen und was sich Meinem göttlichen Genie entringt, ist fabelhaftes Seinsgewissen in der Wonne des Gestaltens.

## 7.20

Du versuchst, dich selbst zu sein, mit allem deinem Umschwung und Vermögen. Mir könnte das egal sein, wenn du nicht mit Haut und Haaren an Mir hangen würdest in der Seinsmanier, die Ich mit allem, was da *ist*, begründet habe. Du kennst Mein Schweigen über Dinge, die Mich nicht betreffen, doch wenn sie penetrant und bulerisch in Meinem Ressort liegen trachte Ich danach, ihren Standard zu verbessern, damit sie ihres Schicksals Lauf am Ende doch mit einem Lächeln wahrer Dankbarkeit quittieren können.

Du glaubst zwar, dich in einem Vakuum von Forderungen und Verbindlichkeiten zu befinden, die recht verbissen in dich sind, derweil sie sich gedankenschnell von deinem Hofstaat lösen, wenn du nur den kleinen Finger rührst, um Mir vertrauensvoll und liebreich, materiell und geistig zu gehören. Jeder Schimmer einer Hoffnung hellt dein Dasein auf, so wie sich vor dem sanft erwachenden Gemüt der Morgendämmer still und wohlgemut verbreitet. Diese Szene zeigt sich für dich fort und fort für alle Zeiten, die dir Abschied und verehrenswerten Neubeginn bereiten. Ich sage dir, es liegt ein grosses Glück in deines Lebens mählichem Erwachen zu dir selber und damit zu Mir, dem Pankreator über allen Welten und ins Kosmische sich dehnenden bewundernswerten Sichtbarkeiten. Kennst du den Ursprung dessen, was sich deinem Auge präsentiert, so nimmt dein Denken und Gewahren Formen an von überirdischer Besonnenheit, Stabilität und Güte mit dem Einbezug von dem, was sich durch Mich bewegt und bildet, kraftvoll mausert und als Zeichen wahren Fortschritts felsenfest und federleicht besteht.

Du Bist mit Mir so sehr in eins verflochten, dass dich im Geistraum niemand für was andres halten würde als für Meines Ebenbildes Grazie und Ornament, Vielversponnenheit und Rarität in einem. Du Bist und kannst dir einen Reim, auf was das effektiv bedeutet, bilden in der glückerfüllten Heiterkeit, die dich darob aufs Innigste beseelt.

## 7.21

Merkantiles Handeln trägt dir manche Rüge ein von Meiner Seite, wenn es nicht im Sinn von Meiner allgemein gedachten Menschenwohlfahrt und Ergiebigkeit geschieht. Im Hinblick auf das Ganze muss die Menschheit Wege finden, die bewirken, dass die Güter dieser Erde jedermann zugutekommen. Der Staat Bin Ich und unter dieser Einsicht tritt der Wille nach Gerechtigkeit in Sachen Landbau und Verteilung der Ressourcen allgemein hervor, um die Wohlfahrt aller Erdenbürger jederzeit zu garantieren.

Ich habe Meinen Himmelsbogen gleichermassen über alle ausgespannt, die unter ihm ihr Schicksal abzuhandeln haben. Das führt zur Einsicht, dass im Grund genommen niemand das geringste Anrecht hat auf Landbesitz und Nutzung seiner Güter. Aus diesem Grunde lege Ich das Veto ein zum herrschenden System, doch muss ein neues jedem die Gewähr für freies Handeln und Agieren bieten.

Betrachtest du das Leben unter Meiner Perspektive muss die allgemeine Freundlichkeit und Hilfsbereitschaft dominieren. Wie viel Arbeit und Entbehrung, Freimütigkeit und Herzensgüte sind da noch zu leisten.

Meine Gunst verströmt sich gleichermassen an die Myriaden lebensdurstiger Geschöpfe, um ihnen die Gelegenheit zu bieten in derselben Weise allen Herzensgüte zu erweisen. Das gebiert schlussendlich Friedefertigkeit und Harmonie im Völkerbund wie in den Gemütern derer, die ihr Menschengöttersein zutiefst begriffen haben. Nur so ereignet sich das Wunderbare, dass die Menschen sich in gegenseitiger Befruchtung,

Achtung, Hilfsbereitschaft und Genügsamkeit begegnen. Die Weihe an die höchsten Ideale ist vollzogen und der Bund fürs wahre Fürstenleben ist getan. Schon von weitem winken sich die Menschenfreunde Freundschaft und Begeisterung am Leben zu. Ich geniere Mich nicht mehr auf Meine Werke hinzuweisen und geselle Mich mit Vorbedacht, Ergriffenheit, Beseligung und Gottesmajestät zu ihnen.

## 7.22

Haargenau Mein Milieu sollst du besuchen, weil es dir angemessen ist wie nichts in deinem Leben. Keinen Sou wird es dich kosten, regelmässig und gewissenhaft bei Mir vorbeizuschauen, um dich zu vergewissern, dass Ich noch da bin, überall und nirgends, speditiv und massgenau. Was du alleweil geniessest ist die Weihegabe Meines Herzens aus Erlesenheit und wunderbarer Seinsregie. Da brauchst du nur zu ahnen, welche Bürde von dir abfällt, alsobald wie *Ich* dein Weh und Ach ertrage. Es wird dich treffen wie der Blitz, wenn du dir inne wirst, dass dich ein Gott berührt und dir die Weisung zuruft: Komm und etabliere dich in Meines Reiches Lauterkeit und Elegie, Sternenform und seliger Bewusstheit von dir selbst. Bist du ganz bei Sinnen, wird es dich nicht mehr erstaunen, dass die geistigen Belange deines Lebens vor den offensichtlichen bedeutend überwiegen. Du denkst und fühlst und rastest aus und willst es wieder besser machen, alles in der geistigen Potenz und Hemisphäre der du angehörst seit eh und je.

Bist du gewillt, auf die wunderwirkende Synthese zwischen deinen Gütern und den Meinen freudestrahlend einzugehn, so kann Ich dir zu diesem Aufwall und Versuch nur bestens gratulieren. Die Neugier wächst, ob du es schaffen wirst, das Unbefriedigende von dir abzustreifen und dem Klang der reinen Güte, den Ich dir versende, nachzugehn. Ich warte auf mit Zimbeln und

Trompeten, um dir gehörig Mut zu machen auf dem Weg in Meine Seinsdomäne, welche dir vor allem Seelenglück und Frieden, Geisteswohlfahrt, Wonne und Begeisterung beschert. Es ist sicher nicht zu viel von Mir gesagt, wenn Ich längelang betone, dass dein Wissen vom Unendlichen aus dir den neuen Menschentyp hervorbringt, der dem reinen Sein entgegendrängt in gottseligem Format und überragendem Beginnen. Dann Bist du der von dem gesagt wird, dass er Heil und Heiligung erfährt in Meinen ewig jugendfrischen Gründen und damit die Sehnsucht aller strebenden Gemüter fabelhaft erfüllt nach Herzenswohlfahrt und beseligendem Frieden.

## 7.23

Die Maya erleben ist dein Schicksals Zubehör und Acquisition in den Beschaulichkeiten die Ich mustergültig pflege. Zum Sein erwachen wird dein nächster Schritt sein im berühmten Evolutionenreigen, den Ich bildlich und vorbildlich keck und munter mit dir tanze. Das Gewiefte lässt dich darauf nimmer los und öffnet dir den Blick für Meine Geisteswirklichkeiten. Diese zeigen sich dir unverhüllt und majestätisch in der vollen Pracht, die Ich ihnen einst voll Nerv verliehen habe.

Mir ist die Bringschuld auferlegt, die Ich dir noch so gern zurückerstatte im Zug der Zauberkünste, die Ich laufend und geschickt vollführe.

Der Trend nach neuen Höhenlagen ist in Mir seit eh und je verankert und äussert sich im Wohl der Welten, die Ich laufend generiere und mobil erhalte. Was immer in dem Alten ausstirbt, wird im Nachgezogenen ersetzt durch Initiativen von verblüffender Lebendigkeit und höchst charmanter Präsentation. Nichts artet aus in Meinen mustergültigen Inventionen, weil Ich sie stets im Griff behalte Meiner Observation und weisen Diktion für Wohlfahrt und Gelingen.

Ich schenke Mir nur so viel ein, wie Ich zu konsumieren und verdauen fähig Bin in Meinen überragenden Strukturen. Mein Geist ist willig und das Fleisch ist stark in jeder noch so seinsverwinkelten Beziehung, die Ich ohne jede Hemmnis eingegangen Bin. Das ist Mein grosser Vorteil, dass bei Mir die Klugheit und Gewissenhaftigkeit, die Willensstärke und der Sinn für fabelhafte Optionen immer dominiert, bei der enormen Fülle von gewagten Unternehmungen, die Ich Mich traue zu vollführen.

Bei Mir ist stets Vertrauen in Mich selber angesagt wie minutiöses und erbauliches Befolgen der Gesetze, die Ich zu Meinem Vorteil und Gelingen ausgesonnen und vor Meine Welt gehangen habe. Das schafft Ordnung und Gewinn, Nachhaltigkeit und Wohnlichkeit allüberall wo Ich agiere und Glückseligkeiten generiere, massvoll, meisterlich und aufs Intimste generös.

## 7.24

Schalmeien hör Ich jauchzen, glückerfüllte Tönung sich von Silberrändern lösen. Ist das fabelhafte Werk getan, seh Ich alle Herzen höhere Impulse schlagen. Kinderstimmen treten selbstbewusst hervor und zeigen, was sie frohen Muts gelernt und sich begeistert angedichtet haben. Blumenkränze und Ghirlanden schmücken ganze Häuserzeilen, um die Festlichkeiten bis ins Unermessliche zu treiben. Ausgelassne Stimmung herrscht, die Musikanten fordern ihren Instrumenten höchstes ab, um süsse Jubelklänge in die Sommerlüfte zu posaunen.

Kannst du unberührt sein dort, wo eine Welt in Rührung ausbricht und die Kinder jubelnd in die Hände klatschen, wenn die Zuckerbonbons durch die goldnen Lüfte fliegen. Bist du auf Tanz gestimmt, so tanze doch; steht es dir besser an, in stiller Andacht vor dem Weben der

Natur zu schweigen, immer findet deine Seele einen angemessenen Weg, um auszusprechen, was sie bis ins Innerste bewegt.

So auch Ich. Ich habe Mich in dich gegossen, um an allem Teil zu haben, was dir heilig ist und unerhört bewundernswürdig und Das-Sein-Belebend. Es ist das unvermittelte Selbander-eine-Glücksparade-Auszukosten, die dem Leben Sinn verleiht, Besänftigung und Herzensglorie in nie gekannten Massen. Du Bist in dir zu einer Daseinsqualität gediehen, die sich nicht zu scheuen braucht gesichert, selbstbewusst und heiter aufzutreten. Dir selbst Bist du zum Manifest der wahren Menschen-Göttlichkeit geworden, die mit alledem begabt ist, was ihr Glück und Seligkeit, wundertätige Beredtheit und Vertraulichkeit bereitet. Dein Gemüt sieht sich veranlasst jeden Wohllaut in die Welt hinauszujubeln, der es farbenfroh durchzieht und der die Herzensstimmung zu elysischer Holdseligkeit entfaltet, voller Wärme und Geborgenheit entgegen.

Das ist das Fazit aus dem was seit langer Zeit das Thema wahrer Gottvernunft und weihevoller Geistigkeit gewesen. Ein Ende wird gesetzt, das zugleich Anfang ist für frohgemutes Überschauen neuer Horizonte, seelenvoller Morgenröten wie bewusst erlebter Abenddämmerungen in der Stille des Bewusstseins wie des Beseligtseins im göttlichen Allhier.

Ludwig Weibel, geboren 1933
Lebt in CH-9200 Gossau/St.Gallen
Studienabschluss als Fernmeldetechniker
Schriftstellerische Berufung zur
"Philosophie des Seins" für vife Geister.
Erstellt elegante Graphiken mit einem
Pendel-Apparat. (Siehe Buchumschlag)
Homepage: www.das-sein.ch
E-Mail: ludwig.weibel@hispeed.ch